食物与爱情的咏叹调

叶辉 著

三联书店

图书在版编目（CIP）数据

食物与爱情的咏叹调 / 叶辉著 .—北京：生活·读书·新知三联
书店，2014.11
　　ISBN 978-7-108-04988-9

　　Ⅰ. ①食… Ⅱ. ①叶… Ⅲ. ①散文集 – 中国 – 当代 Ⅳ. ①I267

中国版本图书馆CIP数据核字(2014)第071909号

本书简体字版由中华书局（香港）有限公司授权出版

责任编辑：张　杰
装帧设计：米　立
责任印制：崔华君
出版发行：**生活·讀書·新知 三联书店**
　　　　　　（北京市东城区美术馆东街22号）
邮　　编：100010
经　　销：新华书店
网　　址：www.sdxjpc.com
图　　字：01-2013-6880
印　　刷：北京市松源印刷有限公司
版　　次：2014年11月北京第1版
　　　　　2014年11月北京第1次印刷
开　　本：787毫米×1092毫米 1/32　印张8.125
字　　数：82千字　插图6幅
印　　数：0,001-8,000册
定　　价：28.00元

（印装查询：010-64002715；邮购查询：010-84010542）

目 录

序：感情食事

欧阳应霁

　　不用如北方习惯都把前辈笼统地称作老师，我把这位嘴馋为食同时感情用事的前辈称作叔叔。叶辉叔叔早在三十多年前跟家父有过一段工作交往，说起来他还因为取稿的关系，上门到过我们当年在深水埗钦州街跟长沙湾道交界的旧居。不晓得他当年有否看到那挤迫着一家八口的二百来英尺小屋里有个黏住厨房的从早吃到晚的小家伙，但肯定他在取完稿之后自己流连于当年还在的黄金戏院外的推车小吃摊前和南针织造厂外围紧贴的一排有声有势色香味全的大排档中，那可是当年深水埗最集中的街头美食大本营。再加上纵横几街之隔的嘉顿面包、檀岛冰室、北河戏院、八仙酒楼、北河街街市……那可是一幅香港经济起飞前夕的最庶民也最真味的饮食地图。许多许多年如此过去，我愈来愈不肯定我们的社会是否有"发展"有"进步"，唯一清楚的是这好一些童年的家里的味道在"再也吃不到了"的假设以至事实里，一次又一次地被浓缩和升华，味觉当下竟然成为了回忆凭借。于此其实我是越觉矛盾了，因为我本认为食材、烹调技术和菜式应该是与时并进同在，回头讲讲食物典故只能是锦上添花，不能代替实实在在的一盘现炒现吃的好菜。这也就是说，食物应该是日常生活素质和修养的最确切引证，但看来我们都对现在能够吃到的一再表示极大的不满，耳闻目睹的都是有关饮食的离奇古怪现象，紧张敏感如我辈，真的可以天天因为食物问题而动气、骂街。幸好还有叶辉叔叔，见多识广，气定神闲，在这疑似半退休的数年间，把他的宝贵的创作时间中的好一些部分分配到了饮食这个板块。随手拈来种种"食材"，漫游古今，出生入死，浓淡轻重拿捏得宜，一方面梳理个人和集体的失落和遗忘，一方面变通出新的思路和洞见。十分同意叶辉叔叔所言，当今时世，我们似乎都只能靠味道留下一些什么，但同时又察觉一切不可留。大抵我们都是感情用事的，也都注定了一辈子与食物纠缠，所以我们更不能容忍被强权操控我们的食物、爱情、呼吸和思想。我吃，故我在，求的是一种踏实的有尊严的存在。

2011年4月

题记

一

这是我的第二本"谈吃散文集",第一本是《吃遍人间烟火》(2006年),距今匆匆五载,顿觉时日如飞,想来约略就是我为也斯小说集《后殖民的食物与爱情》而写的《给也斯的三封信》的第一封所述说的情状:

……这一年过得好像比任何一年还要匆忙,去年底还是今年初我们跟老庄在遍布长生店的后街吃过

一顿要命而痛快的"打边炉",五月某一个滂沱大雨
的黄昏跟陆灏在北角留园吃了一顿有诗有书有烟有酒
的好饭,然后,有一回到三圣邨跟你的学生吃了一顿
丰盛的海鲜宴,有一回在黄色门跟周蕾、李欧梵、罗
卡、舒琪他们吃了一顿不错的川菜……想来好像还吃
不了几顿饭,这一年便快要草草收场了。

　如此一年,似曾相识,匆匆一如从开年饭到团年
饭,顿觉韶华弹指,步步堪惊,心神稍稍晃定,便约
略有点"那堪一年事,长遣一宵说"的况味了。如此
说来,两本"谈吃散文集"相隔的五年,何尝不也是
匆匆而草草?五个回合的三百六十五天,何尝不也像
"吃不了几顿饭"那么一小段堪可记忆的美好时光?

　这就恰似枕中一梦,短寐片刻而历五十载的云水
荣枯。故事既涉食事,倒可话分两头,暂且搁置一梦
之人世迁变,但将厨房里的黄粱食谱细说从头:如何
将黄粱粉揉搋出筋道,如何在沸气里蒸熬,如何烫一
层麻油,如何佐以汤汁、炖肉、烩菜,如何调味,闻
香垂涎而惦记着谁,其后又与谁以何等心情共吃话

旧……由于食物的记忆，匆匆人世便渐觉悠长。

枕中一梦匆匆而草草，人世之事亦犹是矣，然则国人乃嗜吃之人，早就深明"食不厌精，脍不厌细"的道理，这样的故事里的食事，谅可远溯种种食物的前世往生，真是一言难尽，从睡枕到饭桌，或可从头再说一千零一夜。

二

此书所收录的大部分文章，都是有幸与老朋友也斯共写一栏的产物。大约两年前，我们在《明报·星期日生活》一起谈吃，跟编者也没说好什么规矩，但说以食物与爱情为主调，每周各写一篇，轮流出题目，实际上却是自由散漫，随遇而安，犹如同桌吃饭，各随其缘，各适其味，倒觉得难能可贵的，正是同中有异的各自表述。

聚也有时，散亦有时，或如葛长庚诗云："天下云游客，气味偶相投。暂时相聚，忽然云散水空流。"末了亦无可依依，但说一句"且吃随缘饭，莫作俗人愁"，便余皆无事了。

一年匆匆，一生信亦匆匆，或如裴度口占："鸡猪鱼蒜，逢着便吃；生老病死，时至即行。"倒也不是要故作豁达，只是觉得，犯不着跟自己一时一刻的固执计较什么了。

执笔时刚好在报上读到也斯为他的"谈吃散文集"《滋味人生》撰写的自序，他说："年轻时有很多执着，年纪大了更想欣赏不同的生活态度……"那就很好，心里便想，不如就以此书与豁然抗病的老朋友共勉加餐饭。

三

写了半生专栏，深知稿约犹如饭约，由是聚也欢喜，皆因共写、同吃，有如共渡一船；散也欢喜，皆因一事既了，犹如到岸之船，暂且再无牵挂了；如此这般，随缘便好。此所以我在最后一篇《当我们谈论食物与爱情，我们到底在谈论什么？》便如是说：

没事，还不是一生的最后一篇，只是一个阶段的最后一篇。此刻只是想跟贵体违和的老朋友说，来日方长，想说的大概还没有说够，好一些问题还远远没有想得通透，因此还没有什么需要急于总结，○，不如就像雷蒙德·卡佛那样，以辗转耽延的疑问代替确切的答案，向自己反诘：当我们谈论食物与爱情时，我们在谈论什么？

卡罗琳·斯蒂尔引述了罗马政治家凯西奥朵拉斯（Cassiodorus）的名言："可以说，谁控制了食品供应的运输，谁就控制了城市的生命线，掐住了它的喉咙。"这是其中一个答案吧。○，如果我们还是要反诘自己：当我们谈论食物与爱情时，我们在谈论什么？那么，我们至少明白了，谁控制了我们的食物，谁就控制了我们的爱情、我们的呼吸乃至我们的思想。

是这样的，要是在一个处境里还远远没有想得、说得透彻的，尚可期许在另一处境整理、补充、修正、更新，细说从头；要是一顿饭吃得不甚惬意，也许不光光要思量自己到底想吃什么，也得要思量同台吃饭的人究竟爱吃什么。

要是一顿饭吃得不甚惬意,也许还要考量时令、物候、体质、情味、心境、记忆和胃口⋯⋯ 好在还不是一生的最后一顿,一切不甚惬意的,尚可期许留待下回分解。

此书就是在这样的情状下,断断续续成篇,辗辗转转定稿,反反复复成书。由是编此书如做家常饭,买瓜买菜买菇买姜买葱买蒜买鱼买肉、乃至切丝切粒切条切件的时候,对于菜式和味道每有如此或如彼的惦念、考量与想象;用油用盐用糖用酱用酒用醋调味、或煎或炒或煮或炸或炖或焖的时候,对于童年的美味记忆,异地偶遇的尝新试鲜,与谁分享的甘、苦、辛、酸、咸、燥、寒、浓、淡、涩、麻、酥、脆、爽、滑、软⋯⋯ 人间百味,莫不有情。

此刻倒想起萧伯纳(George Bernard Shaw)渗透机智而不失深意的金句:There is no sincerer love than the love of food ——那是说,食物如诗,可以兴,可以观,可以群,可以怨,我们借以言志抒情,之所以有政治、伦理、经济、社会、文化、吃与被吃等等考量与想象，皆因食物有情，而人世之爱，若论挚诚，莫如食物之爱。

此书一如我新近的散文，采书信体，言说对象叫○，这○如碗如碟，亦如聚餐之圆桌，亦如月满之团圆，这玲珑之器所盛所载的，信是人世之爱，与乎食物之爱。

是为题记。

2011年5月

卷

一

家常菜的咏叹调

○：

你说想吃潮州菜，这个星期，一起到九龙城街市买鱼好吗？要是买了马友，就做马友两吃，一半用鱼汤煮七八分钟，沥干水分，风干，放入冰箱的蔬菜格摊凉；另一半，就像九龙城创发那样，晾干后，用平底镬慢火煎香，当然都要蘸普宁豆酱才好吃，那是马友的安魂曲，蘸了这酱汁，马友的肥美才温润起来，那才不会腻，不会腥。

芹菜·咸菜·菠菜羹

鱼汤也不必太讲究，十元一钵的小鱼，洗净加姜煎香，放入汤袋煮十来分钟便成鲜美的鱼汤了，煮马友之前，也可加一把切碎的芹菜，用少许油炒香，待马友半熟才放入鱼汤滚一两分钟，那就可以让马友增添一份清新的芹香。○，"菜之美者，云梦之芹"，这芹菜太好了，加少许冬菜粒煎汤，用来煮蛤蜊，水沸熄火，浸两分钟才揭开锅盖，便可以喝一口奇鲜无比的芹菜冬菜蛤蜊汤了。

要是买了白鳝，就做荷包鳝吧，做法也很简单，白鳝飞水，刮去黏液，洗净切厚件；肉排飞水，芹菜摘叶切条，咸菜叶洗净切成四五寸方丁，每片咸菜叶包一件白鳝及一片火腿，排入炖盅，加入肉排、芹菜、胡椒粒及姜片，以鱼汤慢火炖两小时，芹菜、肉排和姜片都不要了，打开咸菜叶包，便尝到一顿入口即融而甘香不散的荷包鳝了。

要是买到珍珠叶，就做川椒鸡吧，没有珍珠叶也不要紧，可以用菠菜的嫩叶，用慢火滚油炸香；鸡肉用蛋白、胡椒粉、冰糖末腌好，放入慢火滚油泡至转白，放在吸油纸上，然后以少许油爆香花椒粉及黑椒粒，将鸡肉回锅加生抽、老抽、糖、酒猛炒，看到鸡肉干水微焦，便熄火，上碟，拌以炸香的珍珠叶或菠菜叶，○，这就是你爱吃的川椒鸡了。

其实用菠菜嫩叶做川椒鸡也有好处，剩下来的菠菜，就用来做护国菜好了，是的，也不必一定要用番薯叶，菠菜切碎加姜片略炒，盛起，草菇或香菇用慢火爆出香味，加入蒸透的火腿蓉（连汁），再注入鱼汤，汤沸后滚两分钟即用菱粉或鹰粟粉勾薄芡，这改良版的护国菜其实就是菠菜羹。

桃花白白走一遭

○，千万不要问这是不是地道的潮州菜，已故的陈东师傅尝言，明清时期的潮商"往来东西洋，经商南北行"，潮州菜因而混入了沪、淮、津、粤的烹调法，好一些精细的刀工也失传了，潮州菜流落在印度支那半岛各地，倒是当地的民间食制，何者更为地道就不好说了。○，陈东师傅走了，陈东记和茶馔的记忆犹新，只是再吃不到他独家炮制的胡椒蚬肉汤米粉了。

陈东师傅尝言，潮州菜很古雅，在唐代称为"南烹"，那大概是指一千两百多年前，韩愈被贬潮州，写了一首《初南食贻元十八协律》，诗说"我来御魑魅，自宜味南烹。调以咸与酸，芼以椒与橙"，〇，那时韩愈吃到的"南烹"是"鲨"（鲨实如惠文），是"蚝"（蚝相黏为山），是"蒲鱼"（蒲鱼尾如蛇），是"蛤"（蛤即是虾蟆），是章鱼、江瑶柱（章举马甲柱），如何做法就不得而知了，大概都是"调以咸与酸，芼以椒与橙"，韩愈只说"其余数十种，莫不可叹惊"，便胜却万语千言。此君被贬，毕竟还是来自朝廷的高官，吃的都是好东西，口福大概要远胜于贬到惠州和海南岛的苏东坡。

潮州菜每有贬谪的哀愁，张新民的《潮菜天下》就是一本细说潮菜漂泊于五湖四海的好书，他采风而得民谣《欲食好鱼》，歌说：

欲食好鱼软羔鲳，欲雅苏六娘。做知生雅无好命，桃花白白走一场。欲食好鱼著就流，六娘生雅名声褒，做知红颜多薄命，桃花白白走一遭。

〇，那就明白了，也许好鱼不是没有了，只是如同地道的潮州菜，跟潮韵苏六娘一样"红颜多薄命"，"桃花白白走一遭"，红颜和美馔，渐渐成为绝响了。〇，那就明白了，浮生如梦，有若一首匆匆抚慰身心疲惫的咏叹调，最好的可能是永不，那就不要过于执着了。

一起吃一顿饭就是缘

陈东师傅尝言，只有潮州民间制作的"鲑"尚余古风，遥遥千载犹带隔海的乡愁。据考，"鲑"即"醢"，那是潮州民间酱料。〇，"醢"就是古代的肉酱（讽刺的是，将犯人剁成肉酱的酷刑，也叫"醢"），潮州人所做虾苗醢（虾酱）、鲎醢、厚尔醢（用小鱿鱼腌制）与苦雏醢（用小鱼腌制）都能化腐朽为神奇，极其鲜美，用来炒菜、蒸肉、蒸鱼，约略就是古风犹存的滋味了。要是买到上好的虾苗醢，就用来炒芥蓝吧。〇，那就明白了，一起吃一顿饭就是缘，最好的可能是永不，食物与爱情有若洗涤闲愁的咏叹调，那就不要过于执着了，随缘就好。

马友两吃和荷包鳝不难做，川椒鸡和菠菜羹也不难做，当然，虾苗醺炒芥蓝和榄菜（用来炒四季豆好吗）只是家常菜，食材新鲜就好，吃得开怀就好，像陈东师傅、张新民那样说些动人的故事就更好了。〇，这个星期天就煲一锅"潮州糜"吧。这"糜"字真是古雅，米煲得开眉了，粥水黏稠如薄浆。把好朋友都叫来了，要是人多了，就到九龙城街市买卤水鹅片鹅杂，加上腌得鲜美的薄壳，下酒，吃"糜"，吃工夫茶。〇，那就明白了，一起吃得开眉与开怀，就是最窝心的咏叹调，这世上再没有什么更美好的了。

蔬果的前世今生

○：

　　喜欢你做的蘑菇南瓜汤，简简单单，清新怡人。你把南瓜蒸熟了，用搅拌机捣成蓉，然后将罐头蘑菇汤加水煮沸，慢火注入南瓜蓉，轻轻调匀，再放入半杯鲜奶油，加少许盐。你说要趁热喝，一大匙一大匙地喝了，便渐渐喝出了简约里的些许繁富；一大匙一大匙地喝了，便渐渐觉得这是罐头蘑菇汤与新鲜南瓜的隔世奇缘；一大匙一大匙地喝了，便喝出了隐隐约约的春花秋月……可是你尝了一口，却说味道不够浓不够鲜呢。唔，就给你试做较复杂的吧。

南瓜蓉是金风，蘑菇蓉是玉露

将一条鸡腿去皮起肉切碎略剁备用。然后用鸡腿骨、一个马铃薯、半条胡萝卜放进沸水煮半小时，鸡骨不要了，马铃薯和胡萝卜捞起，沥干，用叉研成蓉；南瓜和蘑菇（切粒）一起蒸熟，用搅拌机捣成蓉；洋葱、蘑菇（切片）用少许橄榄油爆香，加入鸡腿肉碎，两片月桂叶，一丁点的豆蔻粉，加盐，少许胡椒粉，中火炒三四分钟，注入鸡汤，煮沸后收慢火，加入南瓜蓉、蘑菇蓉、马铃薯蓉及胡萝卜蓉，再加鲜奶油，要边煮边顺时针把材料搅匀，起泡了、闻到香气了便熄火。○，这浓汤的层次感大概会很丰富，可不免少了一份初始的清新。那就渐渐明白了，汤如人生，浓是一个阶段，淡是一个阶段，这南瓜蓉是金风，这蘑菇蓉是玉露，自在适意就好，随心所欲就好。

你说愈来愈喜欢蘑菇浓淡相宜的韵味了，那就给你做蘑菇洋葱牛肉饼吧。早些时看 Travel & Living 频道，看到一名土耳其厨师做的牛肉饼，加了很多香料，煎得极细腻，便一直想试做。蘑菇蒸熟剁碎，牛肉搅碎，加入洋葱粒、小茴香、黑胡椒、豆蔻粉和丁香粉，用涂了橄榄油的手掌搓匀，再用拳头轻轻捣至起胶；加蒸熟的蘑菇粒和幼盐，再用拳头捣匀；手洗净，略浸温水，用手掌将牛肉挤出比乒乓球稍大的肉丸；再用涂了橄榄油的手掌轻搓成椭圆形，用掌心轻轻压成底面微拱的肉饼。○，永远记得土耳其厨师那搓压牛肉的手势，那简直就是一双灼热的手掌最温柔、最缱绻的爱抚。然后，便在坑纹镬上涂一层薄薄的橄榄油，将牛肉饼放上去，用猛火每边煎一分半钟左右。○，闻到那香气了吗？这底面微拱的牛肉饼刚好锁住了肉汁，外脆里嫩，蘑菇混合了肉汁便格外有嚼劲，可以想象，跟蘑菇南瓜浓汤恍若前世今生的二重唱。○，你说不也是前呼后应的隔世情缘吗？

你说蘑菇南瓜浓汤是好的，香煎牛肉饼也是好的，要是用蔬果做开胃的沙拉就更好了。唔，就这样吧，○，一年多前也在 Travel & Living 频道看过一名北非（大概是摩洛哥吧）厨师所做的沙拉——用各式腌瓜腌菜来凉拌新鲜的蔬果，很特别，就像老二胡跟小提琴合奏那样充满偶遇和即兴的况味，要是好的，一回就足够怀念一生了。

五味杂陈的清正

是这样的，○，也可以用淮盐干炒银杏，再以少许橄榄油炒香百合，用牛油慢火煎香几片加了黑胡椒碎和淮盐的哈密瓜和苦瓜，就用腌好的剁红椒、醋浸小黄瓜、西生菜和木瓜来做五味沙拉吧，加一点日本萝卜蓉，少许白餐酒、黑醋和橄榄油，红黄青白黑，咸甜苦辣酸，冷暖炎凉，恍如一段时光之旅。○，这冷暖相宜的沙拉太中年了，大概需要一点人生的经历，还需要一点浮世悲欢的记忆，才可以吃出五味杂陈的层次感。

腌瓜腌菜和新鲜蔬果其实也像宿世奇缘呢，○，一如咸鱼蒸鲜鱼，一如人面蒸茄子，那是蔬果的"时震"（timequake），或时空错置的生死恋。对了，那复杂而教人唏嘘的滋味，恰若冯内古特（Kurt Vonnegut）那本无悔今生的小说，或像奥黛丽·尼芬格（Audrey Niffenegger）笔下的《时间旅行者的妻子》（*The Time Traveler's Wife*）：男主角亨利从三岁起就患上"时空错置失调症"，不由自主地变成了"时光旅人"，老是一眨眼之间，便游离于或早了或晚了数十年的时空……但，○，数十年有若匆匆一瞬，都会过去，都在静默中有所期待，那就不要固执什么了，一顿窝心的晚餐，就足够怀念一生了。

这故事是这样的，○，亨利和他的妻子相遇那一年，"她六岁，他三十六岁；结婚那年，她二十三岁，他三十一岁；别后重逢的时候，她八十二岁，他四十三岁……"○，就让腌瓜腌菜和新鲜蔬果变幻出更不可思议的奇缘吧。比如用来做馅料，要是你喜欢，可以在馅料中加入虾仁或炒至八成熟的鸡粒，这既沧桑又清新的馅料就用来包云吞吧。包好了，炸酥了，吃的时候，喝一点苦艾酒好吗？要略冰一下，最好不加糖。○，那碧绿的精灵太好了，呷一小口，就将我们的味蕾也约略迷醉得错置失调。那就稍稍放纵自己吧，让埋匿在理智与感情之间的些微魔性，自行寻找温柔或狂暴的去处吧。

碧绿得略为忧郁的苦艾酒

尼芬格的小说已经拍成电影了，○，我猜你大概会爱看的，也许还可以想象，五味的唏嘘过后，碧绿

得略为忧郁的苦艾酒开始在血液里微微涌动了，渐渐
才领略到浓汤、牛肉饼和炸云吞留在齿颊的余韵。沧
桑是一个阶段，清新也是一个阶段，那就是生存于
"时震"里最难能可贵的等待。啊，是这样的，○，总
是白了头才怀念偕老的诺言，那就是蔬果和语言里的
恋恋浮生。还是要说，只要那么美好的一回，就足够
怀想一生了。

　　尼芬格笔下的时光旅人的故事是这样的，○，亨
利从三岁起便患上"时空错置失调症"，总是不由自
主地一眨眼移动到或前或后的时空中，他的一生是虚
无的五味，每一回在"时空旅程"里穿梭往还，他总
是像喝多了略冰过的苦艾酒那样，忽而不知人间何
世，因何而爱，因何而苦。○，谁都会像亨利那样，
如此这般便过了总有遗憾的匆匆一生，总是赤条条地
来，赤条条地去，一回是腌瓜腌菜，好像是夹缠了前
世今生的辛酸苦辣，一回是刚从润土里摘下来的新鲜
蔬果，犹带昨宵未散的夜露……

厨房里的秋色

○：

中秋前后，许是台风临近，天清气爽了一阵子，不一会儿，渐渐又回复沉稠的燠热了。远方的来信却说：秋色渐浓了，秋日的兴味也渐浓了，怀念那一顿秋日的野餐。可是此刻没法描述秋色是什么颜色了，○，只好想象，那是只存在于一种文字和绘画里的色调吧，比如庾信给一个女子撰写的墓志铭便说："秋色凄怆，松声断绝；百年何几？归于此别。"你说不是太伤感了吗？对了，这伤感的秋色太遥远了，想想便渐觉饥肠辘辘，○，杨桃和芹菜的润绿、木瓜和南瓜的鲜黄、百合和马蹄（荸荠）的脂白、茄和椒的嫩紫与艳红……想想就有点饿了，再没有什么比厨房里的秋色更真实了。

每一天的异魅

近些日子爱看 Travel & Living 频道的烹调节目，尤其爱看罗杰（Join Roger）的《每一天的异魅》（*Everyday Exotic*），这个加拿大黑人厨师略胖，结结实实，做菜时倒像唱片师，放一点轻快或热闹的音乐，然后伸出一对想象的翅膀，创作出既异且魅的菜式。○，这一回，就学他做木瓜烤鸡吧。

○，这道菜的主角是木瓜呢，将木瓜去皮切粒，用三四个葱白爆香，焖五分钟；然后，待木瓜粒放凉了，加少许黄芥酱、芫茜、薄荷叶和百里香，一起放进搅拌机捣成酱汁蓉，放入冰箱凉透；鸡肉去骨，切成两三英寸乘五六英寸的长块，怎样腌都可以，怎么烤都可以。唔，不如用少许小茴香、香茅粉、绿花椒粉、啤酒、野花蜜腌一个小时，然后烧热坑纹镬，涂一层薄薄的橄榄油，以中火将鸡块两边烤香；然后在热辣辣的鸡块上涂一层厚厚的、冰透了的木瓜酱蓉。○，将热和冷、香浓与清淡融合一体，就是源自雅好即兴烹调的罗杰所演绎的"每一天的异魅"了。那焦黄的鸡块与鲜黄的酱蓉，那既炎且凉，有若隔世情缘的"异魅"，你试一口吧，这不就让厨房和餐桌都染了一片秋色吗？

要是不用木瓜，可以用南瓜，也可以变调，用青木瓜、青椒、杨桃、西芹、苦瓜、芫茜、绿花椒加青芥，用搅拌机捣成八青汁，依然要放入冰箱凉透；然后用青汁（隔蓉）加少许白餐酒，潎入烧红的鸡块，让鸡块吸收了汁液；最后才在鸡块上涂一层厚厚的、冰透了的青色酱蓉。这青色的"异魅"略带苦辣和忧郁，○，你说是不是也有一点点已凉未寒的秋色？

冷暖相调的滋味

你说这鲜黄而染绿了的秋色不就是勃纳尔（Pierre Bonnard）的绘画吗？○，是的，是《窗外种着含羞草的工作室》（*The Studio at Le Cannet with Mimosa*），是很暖很暖却因风吹草幡而微凉了的黄调，是距离和距离的相遇，是秋日深润而约略苍茫的触感。可青色的酱蓉跟焦黄的鸡块也是绝配，○，就像室内烘暖的手掌遇上了室外黄昏渐凉的身体。○，也许，有时是勃纳尔的《开花的杏树》（*L'amandier en fleurs*），杏白也渗混了或冷或暖的"异魅"；有时是《花园里的桌子》（*Table Set in a Garden*），红黄的炎也跟蓝绿未散的凉互相咏叹。这时也像罗杰那样，做一道简易的杂锦小炒吧。

"每一天的异魅"的本质是略带即兴的创作，倒不必拘泥于材料，食材新鲜就好，那就用银杏、百合、马蹄、腰果和核桃吧。银杏用中火加盐烤香（不用加油）；百合洗干掰瓣，用少许油炒香；将一小块牛油放在锅中以慢火融化，然后爆香剁碎了、晾干了的洋葱、干葱、西芹、马蹄和红椒，加盐和豆蔻粉，再加入银杏、百合、腰果和核桃炒匀，要是不喜欢太素，用来炒虾仁或牛柳粒也可以。○，这道嫣红、翠绿、嫩白与鲜黄的小炒不也是有点淡远的秋色吗？

○，只要张开想象的翅膀，每一顿晚餐都可以做得很 exotic，那就做一道杨桃天妇罗好吗？这时便想起童年时的一种街头小吃：炸番薯片。薄薄的炸浆包裹着嫩黄的番薯片，难道不也是童年时代的天妇罗吗？○，只想告诉你，这是时间的而不是空间的"异魅"呢。

○，这道菜的重点在于炸浆，低筋面粉和鹰粟粉的比例约为四比一，水要冷（用冰凉的啤酒、苏打水和有汽矿泉水都可以），冷水调和了蛋浆和面粉，加入沙拉油调好，最好加一些冰块，便成冷浆；杨桃切成五角星形，用吸水纸略吸水分，蘸少许面粉再蘸一层面浆，油要中温（约160℃），炸至面浆转黄便成了。○，也可以炸切了片的茄子、紫洋葱、芒果、青椒……当然也可以炸虾，要热吃，加肉桂糖或萝卜蓉，各适其适吧，薄得近乎半透明的浆衣就像秋空那么明净呢……

淡够了才懂得真正的浓

唔，厨房里的秋色渐浓了。厨房里还有两颗新鲜的百合，你说不如多做一道菜吧。那就简简单单，就地取材。冰箱里有梨子、一瓶韩国腌菜、一瓶意大利红椒腌杂菜（椰菜花、青瓜、萝卜、蒜头……），那就做一道即兴的腌杂菜梨子炒百合吧。

将百合洗净掰瓣，用少许橄榄油炒香；梨子切成小块，用温火融掉一小块牛油，将梨块略煎至微焦。你说，这百合和梨块最好放在紫蓝色的碟上，然后指着画册上的《开花的杏树》说：就是这感觉了。唔，还没完成呢，这时要将炒过煎过的百合、梨块放入玻璃盆，加入韩国腌菜和意大利红椒腌杂菜，轻抛调匀。○，要是撒一点炸得焦黄的蒜粒，一点越南红蒜干，太华丽了，简约的华美，这是一道秋色渐浓、教人心旷神怡的餐前小吃。

原来是这样的，○，秋天的异魅一定要淡，淡够了，才可以在若无还有的一刻，懂得真正的浓，如酒，如情，如蠢蠢的利必多。○，向晚时分的厨房渐觉燠热起来了，那就放一点淡淡远远的音乐，翻一会儿勃纳尔的画册，一起喝凉透了的玫瑰红酒，吃一点比什么都要异魅的腌杂菜梨子炒百合和杂锦小炒，这就很好。○，这时心便由淡转浓了，渐觉秋色的静好。

总是喜欢冷暖调和的感觉，那是丰子恺所说的"渐"，比如热乎乎的烤鸡上不同色调的、冰透了的酱蓉，比如用冰冷的薄面浆炸成半透明的杨桃天妇罗，比如腌杂菜梨子炒百合，都是冷暖相缠，在燠热里渗透出辽远的凉意。○，许是长期被时间追赶，心思乱了，有点心不在焉了，原来很久没尝过这淡远的秋天的滋味了。唔，吃不了一会儿，心便开始有点动了。

绿豆沙和陈皮的韵味

〇：

你说爱吃潮州人的绿豆爽，又说这去了壳的绿豆仁色泽素淡，仪容端庄，不再翠绿了，却是澄明而温润，简静而低调，淡远而娴雅，不就是很印象派的秋色吗？对了，这有若淡素蛾眉的绿豆仁就是裹蒸粽或咸肉粽的馅，不再翠绿了，那就有若飞入寻常百姓家的王谢堂前燕，翠绿是前世，润黄是今生……〇，绿豆可没有红豆那么缠绵悱恻，那么惹人相思，寻常里倒是有点不寻常的韵味——忽而想起，陈梦因先生的《食经》里，有一道不大时兴的"秋馔"："绿豆田鸡"。

恍如隔世的暗香

"绿豆田鸡"是顺德菜，中秋过后，雨后怯怯微凉，约略有点秋意了，陈梦因先生说"未审可否列入做节菜"。○，的确是很淡雅的"秋馔"呢，《食经》所记的做法并不复杂："先将绿豆煲至成沙，清去豆壳，去水后备用。田鸡去大骨，以盐腌过，斩为五六件，每件以绿豆沙封之，外复以猪网油裹之约骨牌形；然后再进油镬里'泡嫩油'后，用大碗一只，置大冬菇数个于碗底；随后放进已'泡嫩油'的田鸡绿豆猪网油包，隔水炖之约三小时即成。"这就很好，○，绿豆的一生仿佛特别悠长，烹之调之，火要慢，要柔，如温爱，如轻抚，那才有层次，合该要花一点耐性，才恰如其分地炖出恍如隔世的暗香。

绿豆香，田鸡肉嫩，○，可以想象，这道"秋馔"有多清新怡人。这低调的芳香原来包蕴了一些久远的记忆，与父亲共处一龛的母亲是顺德人，想起她便想起童年的滋味。她用一个火水炉和一个瓦罉，便煲出极细腻的绿豆沙。她当然也做过绿豆沙蒸猪肉丸，做法跟"绿豆田鸡"大同小异，煲绿豆沙要放陈皮，猪肉剁够了便挞至起胶，调味后蘸上陈皮绿豆沙再搓成肉丸，隔水蒸十二三分钟，便闻到肉香夹缠着豆香了。

陈皮和绿豆正是隔世的绝配呢！〇，果皮的水分都给悠悠时光蒸发得几乎不留半点痕迹了，那郁褐的历劫余生，愈陈愈好，愈陈愈香。可它总是像绿豆那么淡素而低调，从不喧宾夺主，内涵却是饱满的。烹鸭，蒸牛肉饼，吃的不光光是肉香，而是层层积累、渐渐老去的时光，是时间和记忆的余韵；用来煲绿豆沙，那就是双重的低调，仿佛一阕早已失传的暗香二重奏。

许是我的偏见，老觉得去壳绿豆仿佛没有记忆，让人联想到早已忘掉前生的高锟先生，明净简朴里欲言又止，可老找不到适体喻达的言辞。〇，如此这般的前世今生不免有隔，那味道清而不香，悠然却有憾，纵是好一片晚景凉天的恬静，在我这个俗世闲人看来，始终很不是滋味呢。

贪恋记忆里的百般滋味

○，从来都是个俗世里的闲人，还是贪恋记忆里的百般滋味，还是贪恋豆壳与陈皮历久常新的芳香，那就只好不避尘俗，贪恋得彻彻底底，总是要将原粒绿豆慢煮起沙，然后才花点工夫，将豆壳细细去掉。

煲绿豆沙无疑很费工夫，用陈皮绿豆沙做菜也许早就不合时宜了，那就不妨贪恋得彻底些，还可以加一点芸香草（commonrue），那就是广东人所说的"臭草"，还可以加一点海带。○，这"异魅"太好了，一半是田野，一半是海水，加了冰糖，就是绿豆沙糖水，不加糖，则是做菜的好材料，可以用来做红枣蒸鸡（将熟之际，不要忘记撒一把润红的枸杞子和嫩绿的葱花），可以用来做百合煎肉饼（百合洗净掰瓣覆盖在绿豆肉饼上），也可以用来炖雪梨（或马蹄）排骨。

感谢陈梦因先生，他的五卷本《食经》真是保存了"平常真味"的宝典，当中一卷叫作《不时不食》。记得有一回与香港电台的郑曦晖去访问江献珠女士，谈的就是《食经》，江女士对今时今日的"不时不食"有很中肯的诠释，对"时"和"食"的态度一点也不墨守成规。○，谁都知道今日农业和养殖业已非半世纪前的小农作业了，今日的菜和肉也不再是从前的滋味，我们不可能将时钟和记忆倒拨半个世纪，然则人心变了而厨道不失赤诚之心，对吃喝之道不忘变通的想象，也许就是今天读《食经》最大的收获了。

陈梦因先生在《秋时谈食》里，谈到好一些简易而鲜美的秋季家常食谱，除了上文所说的"绿豆田鸡"，还有一些平实动人的素菜。比如"手撕茭笋"：用刀背拍过，放入饭锅蒸熟，手撕成条，加生抽、麻酱、芥辣拌匀（顺带一提，"麻酱倭瓜"的做法大同小异）。又比如"蒸胜瓜"：批去瓜青洗净，在煮饭时与米同时下锅，饭熟将胜瓜切件，加熟油及酱油（去掉瓜青的胜瓜，也可以用小鱼煎香滚汤，待鱼汤沸了，将瓜肉放进汤中，熄火浸熟，味道也是极鲜美的）。○，素菜吸收了饭香，那才叫和谐，真是下饭的佳馔呢。

"胡椒鸡"和"芥辣鸡"

《秋时谈食》还有两道教人回味不已的"鸡馔"。其一是"胡椒鸡"：起红镬，爆香原粒胡椒，再将鸡原只两面煎香，加水加味炆脸。其二是"芥辣鸡"：鸡切件"爆嫩油"，再起红镬，爆香葱白，用有味汤（按：可用火腿虾米熬汤，也可用小鱼煎香滚汤）开好芥辣、胡椒粉和盐，倾进镬里，盖上镬盖，滚了才放鸡件，煮数分钟，加生粉水打芡即成。〇，这两道"鸡馔"都试做过了，你说喜欢鸡肉渗混了芥辣和胡椒的滋味，是的，那辣和香真的很暖胃，的确是极好的"秋馔"呢。

〇，陈梦因先生在《厨心独运》中也提倡厨道的变通，他在《胡椒鸭》一篇有此说法："潮州菜的柠檬鸭是用土柠檬，我试用过半边洋柠檬炖一只鸭，吃来比用土柠檬炖的更够柠檬香味。又试过一次另加五钱原胡椒同炖，酸辣味也很可口。"是的，厨道在于变通，陈梦因先生说得好，他谈的是"做菜的道理"："我不是在讲放几匙油几匙盐，是讲为什么要放油放

盐。"他的五卷本《食经》暗藏做菜的历练和智慧，
在我看来，像陈皮，像绿豆沙，正正就是悠悠时光的
韵味。

陈梦因先生在《南北风味》一卷也谈"外江菜"
（闽菜、川菜等）的做法，也许不一定很地道，可深谙
"做菜的道理"（尤其是爆葱白，确是会家子的川味）。
○，这道理一点儿也不深奥，厨道如味道，那就只有
变通，别无他法了。

擂茶 · 茶馔 · 茶淘饭

○：

　　天寒了好几天，喝茶是温暖的，普洱、龙井、碧螺春、茉莉、乌龙、铁观音……总是在喝茶的时候，想象如何尝试各种各样的味道。傍晚路过横街，发觉有好几家小馆都在卖煲仔饭，闻得一阵饭香肉香，便心生一念：到市场买一只上好的黄鸡，回家做一煲鸡饭。○，也许不光光是要吃煲仔饭，只是一心想着煲仔饭最后的仪式——用浓茶来淘饭焦，一心想着要跟你分享这一份茶与饭古老的欢喜。

好吃的，都擂入茶里来奉客

　　你这时便若有所思，然后说：这华丽而土气的粗茶淘饭焦，教你特别怀念家乡的擂茶。对了，〇，柴米油盐酱醋茶，大概就只有茶淘饭和擂茶，才可以让这"开门七件事"的精髓浑成最完美的一体。你说家乡的擂茶陶盅内有交错的坑纹，那才可以将茶叶、芝麻、花生、薄荷叶、粗盐擂得细碎而均匀，擂好了，便用沸水往陶盅里的炒米淘，淘好了，再撒一点炒香的芝麻，也是华丽而土气的欢喜，也是很家常的吃喝仪式。

你说要是用擂茶来奉客，还会"加料"呢，将虾米、白豆、萝卜干、青菜……都炒香了，加一些炒米，用来淘擂茶，主客边吃喝边闲话家常，日子便过得特别简单而轻省了。〇，你知道吗？这时你的嘴巴就是一个有若擂茶陶盅的〇了，这〇正是朴素的包容，包容了一切日常生活的缅怀与想象，恰如好吃的都擂入茶里，如擂茶所融合的客家人的精神：客居到哪里，哪里就是家；家里有什么好吃的，也不必讲什么规矩，反正都擂进茶里来奉客。

〇，我想起在法兰克福书展会场内，有人派送产自澳大利亚的酸果茶包，橘红包装，很悦目。回到

旅馆，冲了来喝，只觉这茶好是好，可是玫瑰香气略
嫌浓了些，果酸也略嫌削胃了些，便想，要是用来做
菜，也许更好。那就把行囊里的酸果茶包找了出来，
〇，给你做一道另类的茶香牛肉好吗？唔，做法很简
单，先将茶包泡茶，加点红酒、茴香、桂皮、冰糖和
红枣，用慢火熬成卤汁；然后用红镬爆香姜葱，下原

块牛肉略微煎香，加酒、酱油和茶香卤汁，以大火烧开，再改小火，焖一小时，便闻到茶香扑鼻，吸饱卤汁的牛肉犹有嚼劲。要是想吃较酥软的牛肉，就多焖半小时吧。○，这做法是跟已故的陈东师傅学的，他对茶馔钻研得很通透，他尝言厨道在于变通，不必拘于一式一格。

对了，○，陈东师傅的茶馔总是浓淡两相宜，一百种不同气味的茶叶，可以制成一百种不同味道的卤汁。这道茶香食谱也可以用不同的茶叶来做，要是用普洱、花椒、八角、柠檬皮、冰糖、姜、葱来做卤汁，最好用来焖排骨（或五花腩）：将排骨炒至由红变白，便将排骨盛入砂锅内，加入茶香卤汁，以猛火煮沸，便改文火焖一小时左右，待排骨（或五花腩）酥软入味了，再改用猛火焖至卤汁近乎收干。○，我猜你一定很喜欢这道蛮有红烧意味的茶馔。

温厚、宽容和变通

○，你喜欢吃白灼虾，也许可以换换口味，试一试龙井灼虾。那是以龙井茶替代白开水，龙井泡茶也是浓淡皆宜的，我倒觉得清淡些好。茶在锅里泡开了，加一片姜，然后将虾放入锅里灼得透红，熄火，让虾在茶里浸两三分钟，吸饱茶香，是白灼以外的另一种相当不错的"异魅"呢。○，你也爱吃丝瓜，也可以将灼过虾的茶再烧开，加盐，熄火，将丝瓜浸在沸茶里，大约浸四五分钟，丝瓜便软透了，也吸够带有虾味的茶香了，可以捞起了；然后将蒜末用油爆香，淋在丝瓜上，茶香混合蒜香，是另一番滋味呢。

以茶入馔，由来已久，当然不是陈东师傅独创，他只是将各门各派的茶馔融会贯通，也敢于尝试，终于自成一家。几乎可以说，凡产茶的地方都有性格独特的茶香食谱。○，四川的樟茶鸭子很有名，所谓樟茶，是樟木和花茶的合称，鸭子是用樟茶和稻草熏熟的。这种熏法，其实也可以变通，有一回在天台烧烤，就尝试在炉火上放一个铁镬，镬内放入稻草、白米、蔗渣、香片茶叶，烧得冒烟了，便将腌了花椒和绍酒的鸽子和春鸡放在铁丝网上，加盖，任鸽子和春鸡熏熟，顿时茶香与肉香四溢，就算吃得再饱，也为之垂涎。

　　只是想告诉你，○，茶真是很温厚而宽容的，它总是不介意任人用它来变通。可以烹茶（这当中大有学问呢），可以擂茶（不同地方有不同的擂法），可以淘饭（清茶淡饭是好，泡煲仔饭的饭焦也是好），要是用来做菜，也可以卤焖，可以灼浸，可以烟熏，当然也可以像龙井虾仁那样泡了再清炒，也可以用清茶蒸豆腐（要不要放虾仁或冬菇，适随尊意），反正品茶与茶馔都是最宽厚的想象。○，想说的是，茶道如厨道，可以是一门大学问，穷一生也未必学得圆通；也可以是每一个人的日常生活，不必讲究任何规矩，各适其性就好了。

煲仔饭：市井味与民间智慧

○：

天气才稍稍寒冷了些，满街都是煲仔饭的炉火了。那天傍晚路过油麻地一条遍布食肆的横街，发觉有四五家小馆都在卖煲仔饭，闻得一阵饭香肉香，便心生一念：到市场买上好的黄鸡和腊味，给你做一煲腊味鸡饭。○，你要是想吃得清淡些，做黄鳝饭、鳗鱼饭、腊鱼饭也是好的——煲仔饭的主角始终是饭，只要有上好的丝苗米就成了。

再记不起第一次吃煲仔饭的情景了，在哪里吃，跟谁吃，○，这些似乎都不打紧，煲仔饭毕竟是很市井的。从前活得简单，吃喝不大讲究，随便找家小馆，找个大排档，坐下来，生张熟李围成一桌，你吃你的滑鸡饭或腊味饭，我吃我的排骨饭或鱼腩饭，有一句没一句地闲话家常，月旦时人时事，喝一口浓茶，普洱、寿眉是好的，铁观音、香片也是好的，仿佛就是为了迎接最后的仪式——都用浓茶来淘饭焦，或者可以加点葱花或芹末，这茶与饭的欢喜便格外"温心"。吃得齿颊留香，然后一起打个暖暖的嗝儿，便都满心欢喜，真是不知人间何世了。

煲仔饭市井是市井，倒也不失平民化的华丽，〇，想跟你分享的就是这平民化而不失华丽的气味。很难想象没有香气四溢的煲仔饭会有多失败——尽管饭是粗饭，肉是粗肉，香气正好来自粗饭粗肉与猪油的神奇组合，教人一闻便打从心底暗叫：对了，这就是煲仔饭了。

煲仔饭其实别有视觉上的俗艳，〇，你知道吗，那秘密仅仅在于沾满了饭粒的油光，很土气，但很饱满充盈，唤醒了沉睡的食欲，在健康至上的时潮中很不合时宜，但有一份明知故犯的偏执。是的，必须偏执，〇，要非如此，不如不吃。油光不仅仅满足了眼睛，也不仅仅满足了口腹之欲，那是一种精神上的欲求，让肚子吃得格外饱，更让心里感到格外销魂。

遍镂卵脂盖饭面

煲仔饭倒不限于市井的华丽与俗艳，唐人韦巨源的《食谱》就有一道"御黄王母饭"，尽管做法只记下寥寥十个字："遍镂卵脂盖饭面，装杂味。"○，那倒是官宴的一道美馔，"遍镂"是切得精细的肉丝，"卵脂"则是刚熟如凝脂的蛋。你说那不就像日本人的"釜饭"和韩国人的"石锅饭"吗？○，想想也是，"釜"也者，"石锅"也者，跟我们的"煲仔"同理，都是用来做饭的器具，然则菜肴与米饭同烹共味，说来倒是烹调的千年智慧。

山家清供玉井饭

我也想起宋人林洪的《山家清供》有一道"玉井饭"，做得很素雅："留以晚酌数杯，命左右造玉井饭，甚香美。法削藕截作块，采新莲子去皮，候饭少沸投之，如盒饭法，盖取'太华峰头玉井莲，开花十丈藕如船'之句。"○，这"玉井饭"无肉，食材只有藕块与去皮的新采莲子，米饭在锅里煮得微沸之时放入食材，"如盒饭法"的意思就是像做"饭"那样。○，这"饭"恰如"釜饭"、"石锅饭"，可以说是煲仔饭的前生呢。

是这样的，○，弄一锅煲仔饭倒不必太规矩，有一个瓦罉——传热较慢，煮得久些，好让食材入味些；有适合的米——能结饭焦就好，能吸油就更好；有火，有耐性，就可以随意而"煲"了。

早些时老朋友马若游湘西归来，送我一尾上好的腊鱼。○，那是湖南人的腊鱼，不是广东人的咸鱼。马若说，腊鱼用热水浸软，与豆腐一起下油锅煎香，焖芹菜，一定很好吃。○，那腊鱼要是浸软了，煎香了，我其实想用它来为你做煲仔饭呢，可还是跟老朋友说，不如依湘菜土法炮制吧：嫩鲜水豆腐垫底，铺上蒸软了的腊鱼，再铺上一层剁红椒，谅可蒸出绝世美味。两个馋人来一顿"精神会餐"，不一会儿，仿佛都听见各自腹里叽咕了。

梅菜腊鱼煲仔饭

梁实秋也爱吃湘制腊鱼，他说湖南腊肉，全国第一，他曾在湘潭吃过腊鱼腊肉，有此评价："而腊鱼之美，乃在腊肉之上。"○，我完全同意，尤其是用剁红椒来蒸，最好垫一层水豆腐，腊鱼的甘香与水豆腐的鲜嫩固然是绝配，两者都吸饱了红椒的辛辣，那层次分明的滋味，真是没齿难忘。

是这样的，○，湖南腊鱼又有红曲腌和酒糟腌，两者俱个性鲜明，味道却大不同。上回去湖南大约是七八年前的事了，○，说来真有点怀念红曲腌的馥郁浓浑，而酒糟腌醇厚含蓄，两者的酒香俱历久不散，用来做腊鱼，也真是民间智慧。那腊鱼吸饱了酒香，煎、焖、蒸、炒皆宜，酒香鱼香，相得益彰，下饭下酒都极好，同样教人吃得不知人间何世。

老朋友说：很多食家都重鲜鱼而轻腊腌之鱼，殊不知鱼肉经腊腌而抱紧，兼且饱吸酒香盐香，真是别有一番滋味。○，我便对他说：腊腌之鱼犹如 fado，犹如爵士乐，犹如南音，要活到一把年纪，有些经历，才懂得欣赏那份风霜与沧桑，才懂得品尝个中陈厚的味道。是这样的，○，说得兴起，两个馋人便相约一起偷闲半天，将腊鱼分成两半，合力炮制腊鱼两味，然后喝一顿好酒。那么，○，那时就把姜和梅菜都切成极细的丝吧，也给你做一窝梅菜腊鱼煲仔饭好吗？

一碗汤的煎熬与凄凉

〇：

有一年冒着寒流乘夜车去苏州，下车时风大，耳朵鼻子都好像快要掉下来了，接车的人还没来，便躲进一家小馆，喝了一碗热腾腾的羊肉汤，很鲜，很暖和，抽一根烟，渐觉额角沾了一层薄薄的汗膜了。其后接车的人来了，他在车上告诉我：你喝的是"藏书羊肉汤"，很有名的，苏州人爱喝，外来人也慕名来喝。〇，这奶白色的汤鲜而不腻，很暖胃，味道极对胃口，而且名字也很有意思，便一直记挂着，很多年了还是念念不忘。

在青菜汤的淡味里

后来才弄清楚，"藏书"是一个小镇的名称，以羊肉汤名闻天下。我想我初次听到"藏书羊肉汤"这名称的时候无疑是有点误会了，〇，是这样的，很多年后才明白，一碗汤不光光是一碗汤，它有时是温爱，有时是煎熬。〇，是这样的，"洗手作羹汤"的意思可能并不在汤水的味道，而是温爱或煎熬的心意。

也许汤比茶凉得更快，那不是物理，倒是心理。〇，还记得张爱玲很喜爱的一首诗吗？那是路易士（纪弦）的《傍晚的家》：

晚饭时妻的琐碎的话——
几年前的旧事已如烟了，
而在青菜汤的淡味里，
我觉出了一些生之凄凉。

原来是这样的，汤凉得很快，味淡得很匆匆，初始的温暖像傍晚那么短暂，"生之凄凉"由是都在一碗"青菜汤的淡味里"了。忘了是谁说的，汤的历史就是两性的共同生活史。〇，据我所知，最好的羊肉汤一如牛肉汤、猪肉汤、鸡汤、鸭汤，都是用骨头煎熬出来的。从前常常看到面店有人用烈火烧骨头，烧够了才用来熬汤，据说这就是汤的起源，先民懂得用火便发现了这个不是秘密的秘密了。

汤是煎熬，永远是沸了又凉了的种种煎熬，○，这时便想起唐兴玲的《你把什么煲成汤》，这诗正好就是一锅沸汤与痴男怨女的写照：

> 你把寂寞煲成汤。
>
> 你把狙击煲成汤。
>
> 你把诱惑煲成汤。
>
> 你把意外煲成汤。
>
> 你把遗忘煲成汤。
>
> 你把繁华煲成汤。
>
> 你把玩偶煲成汤。
>
> 你把生命煲成汤。
>
> 汤是一个神秘的密码。
>
> 幸好你没有发现，
>
> 那个喝汤的人，
>
> 在另一扇窗户内流汗。

　　汤是煎熬，永远是沸了又凉了的种种煎熬，而唐兴玲的煎熬竟然煲得那么义无反顾，那么任意或任性，快乐或不快乐，爱或不爱，都十分偏执地"煲成汤"了，生命的悲欢仿佛都在沸汤里煎熬出这样那样的百般滋味了。〇，原来"汤是一个神秘的密码"，也许不得不问：这汤为谁而煲？为谁而煎熬？是这样的，〇，虽则一个女子说"幸好你没有发现"，但她显然是很在意的，也是很计较的：喝汤流汗的那个人"在另一扇窗户"，反正不在身旁，那才教人禁不住思念，那才是心里最炽热又最苍凉的煎熬。

汤的历史是两性的生活史

　　也许汤的历史真的是两性的共同生活史，〇，是这样的，一碗汤不光光是一碗汤，正因为它是在意的，在意，因为用心，那是用心则乱了。〇，只是想说，一碗汤无论有多沸腾，有多温暖，有多滋味，但它总是比茶凉得快，那才特别在意于如此或如彼的煎熬。

　　忽然想起一两年前，曾收到一则不知是谁转发又转发、表面逗趣却蛮有意思的手机短信，是一名女子写给一名男子的诗，一直都记住了这几句：

> 如果你是一碗羊肉汤，
>
> 那我就是一个馍，
>
> 我让你泡。

〇，汤总是比茶凉得快，那大概是因为饮食男女都总是想象自己是羊肉汤，没多少人愿意做泡在汤里的馍饼。或者可以这样说吧，饮食男女都是在意的，可只是在意自己多于在意心里的别一人。总是有太多人都不大知道这并不高深的"汤道"，总有太多人觉得自己是饱受煎熬的汤，可没有多少人愿意想象自己可能是泡在汤里的馍饼。

〇，不如给你做一锅牛肉清汤好吗？牛骨要烧透，放在焗炉里以220℃左右烤透也可以，那需要用眼和鼻，牛骨呈金黄色，浓香四溢了，那就透了。原块牛肉要氽烫透，在沸水里氽烫几分钟，那就透了；牛肉最好冲一会儿冷水，然后是煎熬，将牛骨、牛肉、萝卜、姜片、黑胡椒粒、冰糖以猛火煮沸，改中火煎熬一个半小时，大概也煎熬透了。不用心急，先撇油，待汤凉了，取出牛骨、牛肉和萝卜，将整锅汤放进冰箱，三四个小时后，油都在汤的表层凝结了，清理了，便用猛火将汤再煮沸，熄火，将切好了的牛肉和萝卜放入沸汤里浸十分钟（中途最好撒一把芹菜末）。○，一锅上好的牛肉汤要经历火与冰的几度煎熬呢，沸了，凉了，去掉油腻了，那才可以尝到清鲜的滋味。

匈牙利人的 Goulash

牛肉汤一如羊肉汤，不同地域的人会放不同的配料，做出不同的滋味，尝试各式各样的煎熬。韩国人的牛肉汤会放腌菜、大豆芽、大蒜和辣椒，味道浓而辣；俄罗斯人爱把菜和肉都焖烂，那是我们所说的罗宋汤……也许，意大利人的牛肉汤清淡些，墨西哥人的牛肉汤浓郁些。○，其实起初可能都只是就地取材，因时或因地制宜，时间久了，便在汤里积累了更多更厚的欲望，然后都在寻找自己在意的滋味，或者自己在意的煎熬。

○，如果嫌牛肉清汤太清淡，也可以学匈牙利人的 Goulash 那样，牛肉、腊肠和蔬菜都要分别煎香和炒香，牛骨要烧烤出香味；在汤里放牛骨，烧沸了，改中火，将马铃薯、胡萝卜、红椒、甜椒、番茄、洋葱、椰菜、芹菜、月桂叶、红椒粉都放入沸汤里……最后才放牛肉和腊肠，都在沸汤里煎熬透了，唔，四十五分钟左右吧，汤色够鲜红了，汤味四溢了，那就透了；是时候加番红花粉和白酒了，熄火，焗十分钟。〇，匈牙利人的 Goulash 是层次分明的煎熬呢，不那么过火的煎熬，像温柔的爱抚，汤煮得不算浓也不算淡，肉和菜焖得不太绵也不太烂，也就仿佛没那么快便凉了。我猜你多半会喜欢这一锅红艳艳、香气恰可、仿佛比较耐吃耐喝的羹汤和肉糜。

一碗汤也许容不下太深奥的道理，但一碗汤却教我们体味这样或那样的炎凉与悲欢。〇，汤是好的，煎熬透了便好。〇，是这样的，一生很短，短得几乎没有多少次在寒流里偶遇一碗永志此生的"藏书羊肉汤"，尽管对"藏书"之名不免有所误会；可是一生也很长，长得不断忆及如此这般的苍凉，尽管苍凉未必不是如此或如彼的重重误会……

人生料理的平淡与神奇

○：

一生里要是能够花一段时间（一年、两年、三年……），锲而不舍，去做好一件事，说来似乎很易，其实是很难的，因为生活愈来愈难，相爱也愈来愈难。○，没事，只是想说，谁可以让自己活得毫无牵挂？零情绪？零困扰？零烦恼？算了吧，这世界不存在绝对的理想国。看了《美味关系》（*Julie & Julia*，又译《茱莉对茱莉亚》、《隔代厨神》），便愈来愈相信，吃一顿好饭也不是无条件的。

一生至少做好一件事情

早就明白，谁都不可能活在电影的时光里。○，一生里要是能够花一段时间（一年、两年、三年……）去做好一件事，很好，尽管不可能活在电影的时间里，然则将一年的喜怒哀乐浓缩成一百分钟的光影，倒可以体味电影的浓缩人生。《美味关系》这部电影至少有两种人生况味：有人活得像茱莉亚·查尔德（Julia Child）那样豁朗，也有人活得像茱莉·鲍威尔（Julie Powell）那么容易沮丧。可这两个女子都很了不起，她们做菜，她们写作，都很专注。○，想说的是，一生里至少做好一件事情，在日渐艰难的生存环境里，无疑是很了不起的一回事。

这两个女子都写作，她们的故事被拍成电影，○，会不会因为她们写的是食经？如果她们写诗又如何呢？也许会难些，编辑会质疑：诗有人看吗？诗只是例子，别的例子还有音乐、绘画、足球、游泳、数学……唔，还有物理，比如高锟先生的光纤。是这样的，要是在三十年前，有人写了关于光纤的故事，或剧本，编辑或监制也会质疑：有人看吗？食物的故事，比起诗或光纤的故事，大概会省掉一些质疑。○，没事，只是想说，看《美味关系》，不光光是看赏心悦目的法国料理，不光光是看坚持或励志的人生，倒也想到别的事情，比如说，不同处境里的人生滋味。

是这样的，看收费频道直播高锟在瑞典领奖，便看到一位智者对他的一生早已忘乎所以，云淡风轻，连唏嘘也没半句。〇，那淡，那轻，恍如一觉梦醒，已是别一番人世了，那时便想起他获奖后与老妻在厨房里接受访问的片段。〇，记得吗？他洗菜，他微笑，他说记不起了，他说老妻爱他，暖和，温文，静好。成就不管有多了不起，其时不过尔尔，那真是别一番的人生滋味了。

对不起，是有点离题了，〇，没事，只是想说，少年时读过父亲赖以养妻活儿的一大册图文并茂的人生宝典，叫作《西餐大全》。那时父亲说，千万不要"照办煮碗"，照着菜谱做菜，那是笨方法，不同的火、不同的锅会烧出不同味道的菜，最重要的是变通。〇，那是我从父亲那儿学来的料理人生，菜谱不是不读，只是明白不能"照办煮碗"。可也有些例外，比如茱莉亚·查尔德的《掌握法式烹饪艺术》（*Mastering the Art of French Cooking*）就非"照办煮碗"不可，因为这位女厨神不仅教读者如何做菜，还不厌其烦地告诉读者，菜为什么要这样做。

"照办煮碗"的"法国洋葱汤"

茱莉亚·查尔德的"料理艺术"都是经历过失败的实践过程，茱莉·鲍威尔的"照办煮碗"也是。〇，是这样的，大概可以给你做"照办煮碗"的"法国洋葱汤"或"蒜头奶油薯蓉"。唔，那是相对简单的做法。要是照做 Boeuf Bourguignon（唔，是"红酒炖牛肉"吧），恐怕要赌赌运气了，那是因为，火候、酒质、手艺以至烧锅都很重要。〇，要是没有像茱莉·鲍威尔那样"尝试失败"的经验，要是不曾像茱莉·鲍威尔那样忘乎所以，那样近乎崩溃的沮丧，那样的不服气，恐怕是做不来的。

像我这样不照食谱做菜的业余厨子，最好不要学做茱莉亚·查尔德的法国料理，〇，顶多只能试做"法国洋葱汤"吧。洋葱切丝，要切得很细。记得梅丽尔·斯特丽普（Merryl Streep）饰演的茱莉亚·查尔德怎样切吗？对，大概是那样切法了。用中火烧热汤锅

（最好不要用太厚身的，因为不是煲汤，要炒，要潷酒，太厚身的不够传热），转调小火，用奶油炒香月桂叶和洋葱，慢慢调拌，炒软至焦褐色，可不要烧焦黏着锅底，勿忘盖上锅盖，因为水汽流失会很快烧焦奶油。然后加入白酒潷洗锅底，然后用木勺调拌，将锅底的洋葱、汁液混合于白酒，再盖上锅盖，闻到香气了，此时便放入最最重要的白兰地酒，调大火让酒与汁烧沸，再盖上锅盖，续烧约半小时，加入海盐和鲜磨黑胡椒。○，闻到了吗，这浓汤散发酒与洋葱的香气，可以趁热喝了。

　　要是想喝到更具茱莉亚·查尔德真传的滋味，○，忍耐一会儿吧，还要加入芝士（上面要加淋了橄榄油的鼠尾草）和切片的法国长面包，还要用焗炉烤——焗炉调至375 ℃，烤到芝士融化了，那才是正宗的"法国洋葱汤"。○，工序是繁复的，你说不"照办煮碗"怎么行？○，是这样的，这汤煎熬得愈香浓，便愈能体会洋葱与酒的神奇邂逅，犹如明白相爱的难，方可感受相爱的好。

诗与光纤的人生滋味

是这样的，喝香浓的洋葱汤的时候，忽而觉得那其实也是诗与光纤的故事，表面上的平淡无奇，何尝没有浓郁的人生滋味？○，是这样的，"照办煮碗"原来也暗藏变通，掌握了奶油炒洋葱的"烹饪艺术"，也可以应用于奶油炒蒜头，对了，也给你试做"蒜头奶油薯蓉"吧。

工序也不少呢，先将大把蒜头放进沸水略煮一两分钟，沥干去衣；中火烧热有盖的小锅，像炒洋葱那样，转小火，用奶油将蒜头炒软；接着用小锅煮面粉糊，小火将面粉煮到起泡，小锅离火；然后将煮沸的鲜奶（边煮边加盐和黑胡椒，调匀）注入面粉，也要调匀，再出小火煮数十秒；将奶油炒过的蒜头放入筛中，以木勺压成糊状，回锅用小火加热一两分钟；马铃薯去皮切块，放入加了盐的沸水煮软，沥干水分压成蓉；薯蓉回锅，以中火烘干身，用木勺不停调拌，小心不要烘焦，渐渐凝结了，加盐和胡椒粉调匀；最后加入蒜糊，再加鲜奶油，调拌得均匀了。○，闻到了吗，我猜你大概会爱上这薯蓉的。

　　这薯蓉不是大菜，○，大概不会像茱莉·鲍威尔煮龙虾和牛肉时那么手忙脚乱，那么患得患失乃至沮丧、崩溃。可是做好一件事，说来似乎很易，其实是很难的，因为生活愈来愈难，相爱也愈来愈难。这就是料理人生，是我父亲的，也是茱莉亚·查尔德的和茱莉·鲍威尔的。做好一件事，要耐烦。是这样的，○，诗和光纤犹如似易实难的"烹饪艺术"，总是在平淡里体味出这样那样的神奇。

九重皮和十大碗

○：

　　有一年秋天，与友人到乌蛟腾远足，迷了路，时近黄昏，有冷雨，四野无人，我们都怕狗，不敢入村问路。彷徨之际，有一位婆婆经过，童年时家住山村，村里有很多客家人，因而懂得一点点客家话，于是便用结结巴巴的客家话问她，如何走到鹿颈。其时雨渐大渐密，好心的婆婆说：歇歇脚再走吧。她引我们到村舍，请我们喝茶，吃粿。○，你也许没法想象，在下着冷雨的荒村，走累了，胃囊特别空虚，那真是一生里吃到的最好的粿。朋友问婆婆那粿叫什么？她说：九重皮。

客家人的乡愁和生活想象

这些年来走过好一些路，吃过好一些不常吃的东西，可一直再没吃过九重皮。直至几年前到缅甸旅游，有一天中午，在仰光前往曼德勒的途中，下车休息，走进一家福建人开的小餐馆，看见邻桌有一碟很眼熟的糕点，便问店家那是什么？店家说：九重粿。○，真是得来全不费工夫，这九重粿就是从前吃过的九重皮。后来才知道是用米浆蒸成的，是客家人的家常小吃，许是工序繁复而不大能卖好价钱，所以客家菜馆都不会卖。

九重皮这名字很有意思。第一层意思，信是跟重九有关，重九就是重阳节，唐人沈佺期诗说："年年重九庆，日月奉天长。"这一天既是登高避灾之期，也是慎终追远之日。第二层意思，是皮有九重那么厚，一层一层地叠上去，信是面对艰难生活的自勉吧。○，这样说来，九重皮仿佛就寄寓了客家人漂泊的乡愁，以及对生活的期许和想象了。想起来了，从前为父亲祝寿，问他爱吃什么，他总是说：客家菜吧。

　　父亲所说的客家菜就是东江菜。是这样的，○，二十世纪七八十年代的客家菜或东江菜朴素无华，醉琼楼和泉章居仿佛就是平民食堂，菜做得较精致的，大概就是梅江饭店了（记忆中，这饭店窗明几净，很清雅，好像还开过画展）。可不管档次高低，菜式来来去去都不外是盐焗鸡（或霸王鸡）、东江豆腐煲、梅菜扣肉、菜扒牛丸、炸大肠、红烧酿豆腐、煎蛋角……一般轻易不点价钱稍贵的骨髓三鲜，也只有像梅江饭店那样档次较高的馆子才卖玫瑰红煸乳鸽或八珍扒大鸭。○，一般都是"抵食夹大件"的平民美食。父亲是西餐厨师，东江菜也许并不是他的最爱，他大概只是觉得一家人吃一顿饭，俭朴一点儿就好。

　　童年时家住山村，村里有很多客家人，他们种菜养猪，生活俭朴，记忆中都是清茶淡饭，倒没有什么特别的客家菜。记得有一回养猪人家嫁女，在学校的操场宴客，菜都是用宽口碗盛的，摆满一大桌，大人说，那是"十大碗"。有鱼有肉，有鸡有鸭，好像都有个名称，可都忘了，只记得其中一碗是咸菜萝卜生葛炒鱿鱼。平日静好的山村有了那么一场盛宴之后，"十大碗"就成了饥肠辘辘的村童的口头禅，有很长一段时间，都在数说"十大碗"有什么什么好东西，凭这样的"精神会餐"来解馋。

东江菜馆的沧桑史

〇，是这样的，20世纪50年代，物资很匮乏，村民都很清贫，轻易不会大鱼大肉，吃一顿上好的"十大碗"，已经是村童最快乐的想象了，说完了都捧着瘦瘦的肚子嚷道："好饱！好饱！"可大人听了，便压着嗓门教训少不更事的孩子们："宁呻饥，莫呻饱。"那真是一段辛酸而朴素的老好日子，〇，那时衣食是一种教养，尊敬食物，犹如尊敬天地父母，正因如此，连闹着玩的"呻饱"也嫌太奢侈了。

后来读"特级校对"陈梦因的《食经》，倒读到另一个客家菜的故事，闲闲数笔，仿佛就是东江菜馆的沧桑史："年前，太平山下东江菜馆的开设如雨后春笋，最盛的时候，就湾仔一区也有六七家。曾几何时，若干东江菜馆不是'收整炉灶'，就是改营别业，或兼营什么菜了。商情不景，上高楼吃馆子的人逐渐减少，这些所谓东江菜的品质味道也难使吃过的人有'再斩四两'的兴致……"○，其时也是20世纪50年代吧，筲箕湾山村的孩童倒不知道，他们对"十大碗"无邪的梦想，在人间一角的湾仔原来是如斯的惨淡收场。

　　也许在富裕（其实是贫富两极化，两者差距日趋悬殊）的大都会里，已经很难找到从前风味的东江菜馆了。○，半个世纪过去了，食物的价值观当然也出现了彻底的变化，取而代之的，是以"怀旧"（或"怀"当下的"旧"）为卖点的"新派"客家菜。对"新派"的"怀旧"并不反感，也愿意尝试，只是这些年来渐觉我们的日常生活愈来愈单一化了，衣饰如是（满街穿的大都是大同小异的品牌连锁店的复制品），吃喝亦如是（吃的大都是连锁餐饮店大量生产的养殖食品），什么时候开始，我们对日常生活（包括衣食住行）的选择愈来愈少了，甚至几乎再无任何选择余地了？

　　是的，○，高昂的租金加上广告的效应，将很多蛮有地方风味的小馆都从闹市的大街小巷赶走了，都赶到环头环尾的边疆了，都逐渐消失了，一代接一代人的吃喝记忆都被清洗了。○，此时此刻，要是怀想从前成行成市的东江菜，也许真的不仅仅是"怀旧"，只是觉得，是否可以借用德里达（Jacques Derrida）所说的"多义的记忆"，抵抗日趋没有面目也没有灵魂的、仿佛别无选择的"生活一律化"？那就更令人怀念从前的"十大碗"了，满满一大桌的宽口碗，如今想来，仿佛就是多义的富足和多义的选择。

多义的记忆 VS 生活一律化

这个时代也许再没有九重皮和十大碗了，也许连东江豆腐煲或红烧酿豆腐、盐焗鸡或霸王鸡也没有了。唔，不是没有，那菜式的名称还是有的，但再没有用井水或山水做的豆腐了，再没有多少乡村的土地饲养走地鸡了，取而代之的是食品厂大规模生产的豆腐，以及大规模养殖、集中屠宰的冰鲜鸡。○，什么时候开始，我们的生活频密地出现了近乎理所当然的"取而代之"？

○，并不是要跟你说从前什么都比今天好，是明白的，谁都不可能躲进从前的怀想里生活。只是想说，客家人经过一代两代三代，都像从前的新移民那样，变成本地人了。那么，九重皮那样的客家精神，会不会终于有一天像客家食物那样消失殆尽？

○，只是想说，我们的城市每一天都在拆村，从前拆马山村、圣十字径村，今天拆菜园村，村民和家园的记忆就只有被碾平于高铁的铁轮下吗？那就只有像高铁一样，奔向造价昂贵（犹如高地价和高租金），同时清洗了"地方"和"地方感"的"生活一律化"吗？

东坡羹 · 十四蔬 · 天真味

○：

　　平安夜那天难得在南货店买到了冷冻保鲜的荸荠（从前母亲唤它为菱角菜）和莼菜，忽而心生一念，于是便一口气买了很多蔬菜：红椒、黄椒、绿椒、芹菜、甘笋、露笋、小粟米、马铃薯、荷兰豆、洋葱、小葫芦瓜、茄子、茭笋、苦瓜、菠菜、萝卜、马蹄、蘑菇、白菜、银杏……仿佛要将市场所见的蔬菜全都买了，○，那真是蔬菜的嘉年华，这一回可不是要给你做菜，而是要给胃口不大好的老朋友做一顿素淡而不失华丽的素菜，第一道想到的——"东坡羹"。

试挑野菜炊香饭，便是江南二月天

放满一桌的蔬菜都很新鲜，〇，那色泽像一幅画，煞是好看，就像苏格兰诗人麦凯格（Norman Maccaig）的一首诗："有蔬菜的静物画／和注视着它的你／那么静好。"蔬菜有情，静而且美，〇，就像《东坡羹颂》的小引所言："不用鱼肉五味，有自然之甘。"这羹的做法也不复杂，"其法以菘若蔓菁、若芦菔、若荠，揉洗数过，去辛苦汁。先以生油少许涂釜，缘及一瓷碗，下菜沸汤中。入生米为糁，及少生姜……其上置甑，炊饭如常法……饭熟羹亦烂可食。"

菘是蔬菜，蔓菁是《诗经》里的"葑"，野生的大头菜，又称"诸葛菜"，找不到，可用马兰头或芥蓝；芦菔即萝卜，荠是荠菜，将这些野菜洗净去苦汁，煮成汤，加生米和姜，煮成米羹，秘诀是"以油碗覆之，不可触，触则生油气，至熟不除"，"既不可遽覆，须生菜气出尽乃覆之。羹每沸涌，遇油则下，又为碗所压，故终不得上。不尔，羹上薄饭，则气不得达而饭不熟矣"。〇，苏东坡做菜讲求变通，故曰："若无菜，用瓜、茄，皆切破，不揉洗……熟赤豆与粳米半为糁。余如煮菜法。"〇，我猜这"煮菜法"就是最自然的烹调法吧。

这"东坡羹"是"自然之甘"，是"天真味"，苏东坡颂之曰："甘苦尝从极处回，咸酸未必是盐梅。问师此个天真味，根上来么尘上来？"〇，老朋友贵体违和，胃口欠佳，就给他做这一道用菜根清煮的米羹吧，敢信暖胃之余，还可以清清肠胃，排去身体和精神的毒素。那淡淡的油光，直如黄庭坚《观化十五首》的第十一首："试挑野菜炊香饭，便是江南二月天。"菜香与饭香，信是老朋友最喜欢的浮生淡泊的真味了。

蔬菜是好的，好在清正，让我们安顿日趋浮躁的身心。〇，想起李渔的《闲情偶寄》，卷五是《饮馔部·蔬菜第一》，当中列举了十四种蔬食：笋、蕈、莼、菜、瓜、茄、瓠、芋、山药、葱、蒜、韭、萝卜、芥辣汁。蔬菜是好的，鱼肉吃多了，也该换换口味，对了，要是真能吃出"天真味"，清淡一点又何妨？〇，我猜口味日渐清淡的老朋友大概喜欢吃"瓠"。

是这样的，〇，李渔的十四种蔬菜都很对胃口，尤其是"瓠"。《诗经》说："幡幡瓠叶，采之亨之。""亨之"就是"烹之"，"瓟"或"壶"，葫芦瓜也，古称"壶楼"或"壶卢"，○，那是"庶人之菜"，如何烹法？可蒸，可煮，可做煎饼，可做饺子，可做羹汤。不如给老朋友做一道"荠瓟豆腐羹"吧，先把葫芦瓜蒸烂，加荠菜煮成汤，再加豆腐，煮沸了，加盐，少许胡椒粉，便是人间清正的好滋味。

蒸壶似蒸鸭，剁椒蒸笋瓟

这"蒸壶"有个故事，出自唐人卢言《卢氏杂说》："谕分厨家，烂蒸去毛，莫拗折项。诸人以谓蒸鹅鸭，良久就食，每人前粟米饭一盂，烂蒸葫芦一枚。"○，这"蒸壶"是无肉之肉，可加蒜、加韭菜、加葱、加笋……那滋味在于良久的等待，在于分甘同味，此所以苏东坡在《赠陈季常诗》说："蒸壶似蒸鸭。"

是这样的，○，好一段日子没有跟老朋友吃饭了，怀念那红艳艳的"剁椒大鱼头"，要是不想吃大鱼头，其实还有别的选择，那就给他做一道"剁椒蒸笋瓟"吧，笋与瓟是绝配，以剁椒蒸之，味胜大鱼头，李渔说得好："论蔬食之美者，曰清，曰洁，曰芳馥，曰松脆而已矣。"他认为这笋是"蔬食中第一品也，肥羊嫩豕，何足比肩"。

清人李光庭《乡言解颐》也说到这"壶"之真味："壶卢味甘，乡人趁其嫩时，削为条，阴干之，煨肉最佳。"〇，也不一定要煨肉，因为"瓠"是无肉之肉，像台湾人那样做"瓠瓜饼"也是好的：挖了瓜肉刨丝，加笋粒，蘸了面浆煎香，比萝卜糕和芋头糕还要好吃。或者像韩国人那样做"瓠瓜煎素饺子"也是好的：用瓠瓜粒、笋粒和香辣的腌菜做馅，包成饺子，煎香了，味道更胜肉馅锅贴。

把市场所见的蔬菜全都买了，平安夜就吃苏东坡所说的"天真味"好了，〇，可以做盐烧银杏，可以做杂菜煲，可以做葡汁焗四蔬，可以做五味素菜拼盘，可以做芥辣汁萝卜，可以做红烧茄子，可以做豉汁凉瓜，可以做蒜蓉豆豉炒三色椒，可以做莼菜笋丝汤，可以做奶油薯蓉，可以做蘑菇菠菜……

蔬菜中的玫瑰

当然还有"蔬菜中的玫瑰"——洋葱，这是《蔬食斋随笔》的作者聂凤乔赠给洋葱的雅号，可以做洋葱浓汤，可以做洋葱黑胡椒炒杂菇。唔，是这样的，○，俗是俗些，只是想，要是老朋友吃出了这些有如"蔬菜的静物画"的静好滋味，俗一些也没关系。

如果洋葱是"蔬菜中的玫瑰"，那么，不妨告诉老朋友，茄子是"蔬菜中的牡丹"，瓠瓜是"蔬菜中的向日葵"。○，李渔说得好，煮茄一如煮瓠，应该"利用酱醋，而不宜于盐"，有好的酱醋，也可以用蔬菜做出满桌珍馐，也可以让疲倦的胃口回复清新的真味。

想告诉胃口欠佳的老朋友，酒还是可以喝一些的，《大雅·荡之什》说到"清酒百壶"："其殽维何？炰鳖鲜鱼。其蔌维何？维笋及蒲。"鳖与鱼是好的，笋及蒲也是好的，○，迟些时日去山东，就顺带为老朋友学山东人做"奶汤蒲菜"，这蒲菜合该是"蔬菜中的百合"吧。○，只想告诉胃口欠佳的老朋友，吃得开怀了，岂可无酒？也许，百壶太多了，好的酒，浅尝一小壶就够了。

茗粥 · 花粥 · 粥疗

○：

　　每次经过油麻地，或者去百老汇看电影，或者去 Kurbrick 看书，总是要拐个弯，走到新填地街，找一家不大显眼的街坊小店，吃一碗咸香而稠绵得宜的柴鱼花生猪骨粥。那一定是老火熬的，才可以熬出了骨髓的鲜味。○，是这样的，那是童年的滋味，那么好的粥，吃一碗就够了，就够怀念一段时日，就够唤醒久远的思忆，满心欢喜，等待下一回的重遇。

眉目分明在里头

　　一碗好粥是一回怀念，○，那是因为愈来愈厌恶满街连锁粥店，每一回都是吃了满口腔味精，舌麻、口干、喉涩，吃坏了胃口，也吃坏了一整天的心思。○，你说怀念童年时家乡的鱿鱼粥，是给刚戒奶的幼儿吃的，你说不明白为什么放了鱿鱼的粥会那么香，那么绵，有说不出的好，可是已经不是幼儿了，再馋也不好开口讨吃……是这样的，○，那就是童年的滋味了，总是远去了才怀念此生不再的味道。

你问，是不是有人吃饭便有人吃粥？○，问得好，50年代的小学犹有私塾遗风，我记得国文老师摆头摆脑，对孩子说："黄帝始蒸谷为饭，烹谷为粥。"饭粥并提，可见粥跟饭一样历史悠久，源远流长。《礼记》所说的"黍酏"，就是"以黍为粥"。"酏"是稀薄的粥，厚稠的粥，叫作"饘"。是这样的，○，粥在古代也叫作"糜"，福建和潮汕至今仍称粥为"糜"，真是古雅。

袁枚在《随园食单》有"饭粥单"，此君认为"粥饭本也"，"本立而道生"："见水不见米，非粥也；见米不见水，非粥也。必使水米融洽，柔腻如一，而后谓之粥。"○，水米融洽就是粥之道呢。袁枚又说"宁人等粥，毋粥等人"，○，粥如茶，如汤，如饭，我总觉得是温热的好（虽然潮州粥也可吃凉的），温热才暖胃，不会像母亲常说的"生冷降"。

吃温热的粥是好的，是这样的，○，不必太烫，温热就好，薄粥和厚粥都好。明代才子解缙的《薄粥诗》别有怀抱，诗说："水旱年来稻不收，至今煮粥未曾稠。人言箸插东西倒，我道匙挑前后流。捧出堂前风起浪，将来庭下月沉钩。早间不用青铜照，眉目分明在里头。"稻米失收，那薄粥稀得"匙挑前后流"，吃粥如"堂前风起浪"，匙如"庭下月沉钩"。○，只是无味的粥水，可粥明如镜，照得淡薄的人眉目分明，那倒是带三分谐谑、七分荒凉的吃粥明志。

晨起食粥一大碗

那就想起陆游的《食粥》："世人个个学长年，不信长年在目前。我得宛丘平易法，只将食粥致神仙。"他爱吃粥，活到九十余岁，说不定真是食粥的功效。宋人张耒有一篇《粥记》，说到早起食粥的好处："每晨起，食粥一大碗，空腹胃虚，谷气便作，所补不细。又极柔腻，与脏腑相得，最为饮食之良。"○，此

说并不是没有根据的，《粥记》说到山中僧人在将旦之
际，"一粥甚系利害，如或不食，则终日觉脏腑燥渴。
盖能畅胃气，生津液也"。○，山僧清苦，一碗热粥堪
可养生，不仅"与脏腑相得"，简直是与肝胆相照呢。

有一年，在京都买了一本日文小书，叫作《云水
日记》，作者是佐藤义英，他为每篇"修行笔记"都
绘了类近丰子恺的漫画。○，此书有很多汉字，不谙
日文也能看懂。原来是这样的，僧人日课，晨起"开
板"（敲板召集）、"开静"（梳洗更衣）、"出头"（列
队出行）、"朝课"（参拜诵经），完了，才开始"典座"
（烧水煮粥），忙了一个早上，是"粥座"了，排排坐，
吃粥，那是"最低の生活"，"最高の感谢"，"禅堂生
活の真髓"。每回看到这里，也觉饥肠辘辘，那才明
白《粥记》所言："今劝人每日食粥，以为养生之要，
必大笑。大抵养性命，求安乐，亦无深远难知之事，
正在寝食之间耳。"○，对了，那倒是吃粥悟道了。

有鱼、有肉、有鸡、有蚝的各式粥品吃得多了，
何妨也像古人那样，尝尝"茗粥"的滋味。《茶谱》说：
"早采为茶，晚采为茗。""茗粥"就是以晚采的秋茶泡

水煲粥，〇，据说此粥甚益肠胃，也可养志。烹茗煮粥，可远溯唐代，甚或更古早，唐人储光羲的《吃茗粥作》有此说法："当昼暑气盛，鸟雀静不飞……淹留膳茶粥，共我饭蕨薇。"那是说，暑气逼人，这"茗粥"吃得人心明净。我在京都吃过，淡素而静雅，吃了，好比清涤了肠胃的闷俗。

汪曾祺有一篇散文，叫作《老舍家的花茶》，文末说"日本有茶粥"，其实那是唐代食制东渡，据唐人杨晔《膳夫经手录》载："茶，古不闻食之，近晋宋以降，吴人采其叶煮，是为茗粥。"那是说，"茗粥"至少可溯源至魏晋南北朝。汪曾祺又说："我曾用粗茶叶煎汁，加大米熬粥，自以为这便是'茶粥'了。有一阵子，我每天早起喝我所发明的茶粥，自以为很好喝。"〇，不以粗茶淡粥为苦，才可以品尝出素静的境界。

有花茶，有茶粥，说来也有花粥，林洪《山家清供》便载有"荼蘼粥"："一日，适灵鹫，访僧苹洲德修，午留粥，甚香美，调之，乃荼蘼花也。"又说："其法：取花片，用甘草汤焯，候粥熟，同煮；又采木香嫩叶，就元汤焯，以姜、油、盐拌为菜菇。"高濂《遵生八笺》载有"梅花粥"："收落梅花瓣，用雪冰水煮粥，候粥熟，将梅瓣下锅，一滚即起食。"○，花是时花，玫瑰、茉莉、合欢、桂花、杨花、桃花、丁香……可以烹茶也可以煮粥，甜亦可，咸亦可，加肉亦可，不加亦可，随心便好。○，这花粥源自乡间民俗，真有一份简静的美丽。

养生家的粥疗诗

中医相信粥有养生延年之效，此所以有"粥疗"之说。苟若如是，爱吃粥的人有福了，但愿贵体违和的老朋友也爱吃粥吧。是这样的，○，乾隆年间有一位养生家，名叫曹慈山，他活到九十多岁，认为粥大有益处："老年，有竟日食粥，不计顿，亦能体强健，享大寿。"他编了一本《粥谱》，还写了一首《粥疗诗》，在民间流传甚广，抄录如下，与吃粥同志共勉——

若要不失眠，煮粥加白莲。要得皮肤好，米粥煮红枣。治理血小板，花生衣煮饭。心虚气不足，桂圆煨米粥。要治口臭症，荔枝与米烹。清退高热症，煮粥加芦根。血压高头晕，胡萝卜粥灵。要保肝功能，枸杞煮粥妙。防治脚气病，米糠煮粥饮。头昏多汗症，煮粥加薏仁。便秘补中气，藕根很相宜。夏令防中暑，荷叶同粥煮。若要双目明，粥中加旱芹。

家常川味与饮食伦理

○：

　　总是这样的，只要走一段不太远的路，绕过喧嚣的大街，走到寻常的里巷，便常有这样或那样的发现，发现一个在残破里偶尔闪现生机的旧世界。比如说，这一个晚上我们从繁闹的弥敦道拐一个弯，走到光与暗交界的砵兰街，在十字路口的左边，有这样的一段后街：有夜总会的霓虹灯和时钟旅馆幽微的光管招牌，有关了门的颜料店、理发店和皮革店，有人对着手机咆哮，有人像幽灵那样从暗处飘过。是这样的，○，在这仿佛时光凝止的一小段后街，我们忽然找到了久违的川味。那不仅仅是食物的味道，还有暌违日久而常在念中的人情味。

走进小馆就像回家

这川味小馆真好，门前放了一个烤炉，麻辣的香料在细细燃烧，烤鱼、烤鸡翅、烤羊架、烤猪肉、烤青椒……香气满街，谁走过都会停下来看一会儿。年轻的烧烤师傅也不怕累，边烤边用小刀在烤肉上轻轻地剁，对过路人说：边烤边剁才入味……

○，那就是教人回味不已的川味了。从前总是像还乡那样，一年到成都或重庆一回或两回，寻常街巷都是个体户开设的小馆，菜都做得很好，人情味更好，都很好客，老远就跟你打招呼，走进小馆就像回家。店主有时端来一碗汤，有时给你倒一杯酒，不太忙也坐下来聊天，敬酒，递烟，像老朋友。○，喜欢这家躲在后街一角的小馆，因为那味道就是久违了的川味。

这后街的川味小馆恍若时光隧道，○，我们一星期来这儿两次，不光光是为了吃辣，还有别的什么呢。他们做的水煮鱼片、水煮牛肉尤其好，都用了上好的花椒，满满的一大盆鱼片或牛肉，不像一般川菜馆那么吝啬，食客只能在火艳艳的红油里捞出十来片，边捞边纳罕，牛肉和鱼片几时变得那么金贵？

是这样的，○，我是老派人，对食物也许有些偏见，也不是说鱼片或牛肉多就好，只是觉得，要是肉太少的话，就浪费了一大盆水煮材料了，材料愈是好的，便愈觉得浪费。这个晚上微寒，可也吃得额角冒汗，店员端来烤羊架，问道：是不是太辣？边抹汗边回应：麻和辣都恰到好处。

烤羊架和烤猪颈肉也很对胃口，那麻和辣都静好，一点也不呛鼻，淡淡然的，在酥脆的肉香里透渗，腌得好，也烤得好，都是很用心的民间智慧，○，那才是川味本色。价钱倒是相宜的，这可不是重点。是这样的，○，吃得满心欢喜，不光光因为嘴巴和舌头的快感，而是因为这后街一角的小馆有难得的亲和感觉，川味和带有川音的粤语教我有点恍兮惚兮，好像梦回二十多年前的成都或重庆，灌县或涪陵。

手工菜与灶头味

烟笋炒腊肉也做得很地道，○，你问烟笋是什么？那是用灶烟熏熟的竹笋，仿佛沾满老厨房温煦的暖意，此乃巴蜀人家的家常风味，当然不同于食品厂大量生产的标准味道。四川腊肉也是如此家常，是用酱油、花椒、大料（三奈）、酒、盐和糖腌好，在灶头晾干，用灶头的烟火熏透。笋和肉的工序很多，很费人手和时间，那才有淳厚的风味呢。○，你边吃边说"好味道，好味道"，对，是好味道，这是四川民间手工菜呢。

手工菜给人的错觉可能就是精致和昂贵，是这样的，○，倒觉得精致些也无妨，随意些也无妨，可不一定是昂贵的，梅菜剁肉饼、煎酿鲮鱼、荷包豆腐、野鸡卷、炸芋盒、石榴鸡、荷包鳝、冰烧凤肝……乃至蛮有乡土味的咸甜粿品，都是来自民间的手工菜，可在一些"食府"却是贵价菜式，侍应还频频向食客推销海鲜和鲍参翅肚……是这样的，○，总是会遇到这种消费至上的"款待"，那就闷在心里，再饿也没胃口了。

是这样的，○，我是老派人，对食物也许有些偏见，老觉得四川腊肉要有灶头味，烟熏的比晾晒的更有风味，跟烟笋一起清炒，真是相得益彰，要热吃。

你频说"好味道，好味道"，对，是好味道，那是灶头味呢。该怎样形容这味道呢？唔，是鲜嫩而略带沧桑吧，是沧桑里犹带鲜嫩吧，都有点虚呢。○，那就不如说，那是小馆子里早已失传的家常味，那是一种仿佛不复存在的情味。

是这样的，○，我们的城市不缺高级食府、名人饭堂，我其实也不抗拒旅游指南推荐的著名餐馆，只是想说，我是老派人，总是没法适应消费至上的"款待"，我们的城市所缺少的，也许就是庖厨与食客之间的伦理关系。吃饭也讲伦理？也许言重了，言重了。

"应"其所"应"，"是"其所"是"

或者可以这样说吧，○，我们走过繁嚣的大街，来到光与暗交界的十字路口，在这川味小馆吃一顿惬意的晚饭，也许就是要寻回一些失去的什么，比方说，人与人的亲和感，食物与处境的生活美学，口腹之欲与地方之爱的互相发现。对了，○，那才均衡，那才不会过度倾斜。

　　说到这些，有点扫兴了，似乎有点虚呢，○，那就不如说，那是一种朴素的饮食伦理学。毕竟是渐行渐远了，从前在饭桌前要讲修养，那不免太沉闷了，但有些老想法还是要在饱餐之余细想的。"应"其所"应"，"是"其所"是"，那才不会放纵自己去为所欲为，那才可以适可而不滥取。

　　走出店外抽一根烟，发觉这一小段光与暗交界的后街还有几家食店，有两家比邻的洋食小馆，门前的餐牌罗列了似乎很不错的香草菜单，食客大都是年轻人；还有一家粥面店，卖的是生滚的煲仔蟹粥、及第粥、牛肉粥、云吞面、姜葱腰润，食客大都上了年纪。○，喜欢这一小段后街风景，这里的小小食店仿佛都很对胃口，改天来吃生滚煲仔粥吧，要是你喜欢香草洋食，也不打紧，一家一家试吃好了。

　　总是这样的，○，只要走一段不太远的路，绕过喧嚣的大街，走到寻常的里巷，便常有这样或那样的发现，我们要寻找的，不仅仅是食物的味道，还有人情的味道，或者说，不同于当下流行食肆的饮食伦理。

即兴之旅偶遇九转肥肠

○：

又是新的一年了，岁次庚寅，是虎年，要出门远行了。收拾行装的时候，便想起西西的诗说："长着胡子的门神啊／你可要好好地替我掌着门啊／如果我回来／不比以前更诚恳／把我捉去喂老虎／如果我回来／不比以前更宽容／把我捉去喂老虎。"是这样的，○，这一回要去山东，想起有一年春节，也是虎年，从上海乘夜车到了济南，那是即兴之游，如今要重游故地，原来已经时隔二十四年了。记忆忽而像一盘"九转肥肠"，那早已消淡了的滋味，渐渐又红艳得像一对新换的门神。

五味人生恍如道家炼丹

是这样的，○，那天到旺角买书，经过小食摊档，买了一串炸大肠，涂了芥辣，让你吃了一小块，你连连地说"好味道，好味道"，便很想告诉你，济南的"九转肥肠"才是真正的好味道呢，没吃过，便没法懂得肥肠的美味。是这样的，○，去年在台北也吃了一回"九转肥肠"，味道不是不好，只是觉得，再没有办法回到二十四年前"九转"的风味了。

这"九转"不是说猪肠的形状，而是说烹调之道，很费工夫，有如道家炼丹术。据说是一腌、二灼、三煮、四炸、五烧，故此兼容了复杂的五味：甜、酸、苦、辣、咸，一盘肥肠就好比五味人生。○，一起到济南去吧，找一家小馆，尝试寻回二十四年前"九转"的滋味吧。唔，那就最好多点一道"瓦罐白菜"，记忆里的热汤是半透明的奶白，其鲜无比，白菜却是嫩而糯，那就相得益彰了，跟"九转肥肠"的鲜艳与丰腴真是天造地设的绝配。

是这样的，○，二十四年前，也是虎年，有一天傍晚飞到上海，匆匆赶到火车站，辗转跟早半天抵达的朋友会合了，可是到南京去的列车已经开走了，两个人看着墙上的列车时刻表，忽而动了一念：到济南去吧。于是坐了一夜火车，翌晨便到了刚刚停雪而寒风刺骨的济南。〇，那样子的即兴之旅，大概是可一不可再了。那么，济南呢？还是二十四年前的济南吗？不知道。只是觉得，偶遇是缘，此所以一直没有刻意再续前缘。

　　也许记忆中最美味的还不是"九转肥肠"和"瓦罐白菜"，而是在泰山偶遇的"大蒜"（即大葱）烤馒头。话说那一年从济南乘火车到泰安，匆匆登山，下午四时左右便觉暮色渐浓，在山路上渐寒渐饿了。忽然闻到一阵焦香，拐了弯，便见一位老汉在土坑上用柴火烤馒头，烤得馒头半焦，然后轻轻刮去炭屑，剥开，从布袋掏出一根"大蒜"，夹入馒头，吃得津津有味。老汉见我们看得入神，便说："不讲究，不讲究，要尝尝吗？"于是把两个馒头放在坑里，烤好了，夹了"大蒜"，〇，你不可能想象，烫手的馒头太酥香了，"大蒜"略辣，太可口了，那是人间罕有的美味呢。

饿过，饱过，就明白了

那夹了"大蒜"的烤馒头也是缘，大概也是可一不可再了。○，那可不是山东名菜，只是不讲究的民间粗吃。是这样的，○，那天在旺角一家书店看到好一些以孔子命名的书，翻了一下，都说孔子这个山东大汉对食物很执着：席不正不坐，菜肴不及时不食，切得不正的不食，买来的熟肉热酒不食，变色变味的不食，无姜无酱不食……○，这个山东人倒不是美食家。

这个山东大汉也不是不嘴刁的，他爱吃姜吃酱吃牛肉吃烧猪，但有时也吃得很随便，一点也不讲究。是这样的，○，话说这个山东大汉专心学习韶乐，太专心了，以至对食物的滋味浑然不觉。他的学生子路给他做了鹿肉包子，他一边练琴，一边吃了，却忽然对子路说：已经三个月没尝到肉味了……子路便说：不是刚吃了吗？他便咬了一口手中的包子，频说："好味道，好味道。"

　　是这样的，○，吃是学问，也是日常生活，孔子这个山东大汉也许不会执着于什么山东菜，他对吃既讲究也不太讲究，这就仿佛暗合了阿城在《棋王》中所说的一句话："衣食是本，自有人类，就是每日在忙这个。可囿在其中，终于还不太像人。"这是话分两头，要是饿过，饱过，就明白了，就明白一点也不矛盾。

　　在香港好像不大流行山东菜，从前家住油塘湾，走一段山路，便走到尚未开发的调景岭，有一个姓丛的同学是山东人，就住在那偏处一隅的小地方。是这样的，○，记忆中，那里倒有一家小馆子，由南来的山东厨子掌勺，葱烧牛肉和烧饼都做得很有风味，可一起在小馆子会餐的少年朋友都不知哪里去了。○，那翻山越岭去吃一顿饭的记忆太遥远了，想来仿佛比一盘早已冷却的"九转肥肠"还要遥远。

　　是这样的，○，一起到济南去吧，想起来了，一起去吃"锅塌豆腐"或"锅塌菠菜"吧，见识一下山东厨子的"锅塌"功夫吧。"锅塌"就是蘸了蛋浆、炸熟，再用汤汁以慢火煮软，最好加一客"煎饼卷大葱"。这大葱就是"大蒜",对不起,○,不用掩鼻,这"大蒜"愈香,吃了,口气便愈呛人。这便教我想起姓丛的中学同学和在泰山偶遇的老汉,他们身上就有这股呛人的气味。

羊肉汤面与水煎草包子

在收拾行装的时候,也想起那一回即兴之游经过单县,下车午膳,在小馆子吃了一碗羊肉汤面和一客水煎草包子,也弄不清楚是不是山东菜了,只记得那羊肉汤极鲜,有杏仁味,与嚼劲十足的面条配合得极好,那煎得金黄的水煎草包子很酥,里面的菜肉汁很鲜。○,那就一起到济南去吧,或者一起绕道到单县去吧,我猜你一定会爱上那偏远的小镇,爱上那汤面和包子。

就这么决定好了,○,又是新的一年了,这城市愈来愈不可理喻了,愈来愈教人窒息了,一起出门远行吧。总是这样的,在旅途上记取一些陌生的风景、人事和食物,也不必有固定的行程,随遇而安就好。○,是这样的,一次悠闲的心灵假期,就可以储存足够的心力，让倦累得到最温柔的纾解，然后回到这城市，再次面对如此或如彼的荒唐与喧嚣。

那就收拾行装吧，○，一起到济南去吧，对我来说，也许是重温二十四年前即兴的故梦；对你来说，也许是储存二十四年后的记忆。无论如何，在出发之前，向守护这城市的神荼和郁垒（如果有的话）道别之前，就像年轻的西西那样答应自己，回来后要不是活得更诚恳、更宽容，都合该捉去喂老虎。

卷

二

张爱玲食谱

○：

张爱玲不是曹雪芹，她小说里的吃喝和情欲总是很简约的，点到即止，不像她写衣饰、跳舞、戏剧那样细致和讲究。如果有人介绍你吃一顿"红楼梦盛宴"，你不妨考虑一下，只要你囊有余金，试试无妨；但如果被推荐的是"张爱玲食谱"，你最好不要浪费时间了。

"张爱玲食谱"可能只是清清淡淡的家常便饭，或可见诸她笔下的路易士（纪弦）的《傍晚的家》：

晚饭时妻的琐碎的话——
几年前的旧事已如烟了，

而在青菜汤的淡味里，

我觉出了一些生之凄凉。

是的，不过是家常的青菜汤，清淡的味道倒要很
用心去品尝，才尝出那一份归于平淡的浓情。

张爱玲读诗当然也读得很细致，三言两语便道出
了路易士诗的好处："路易士的最好的句子全是一样的
洁净，凄清，用色吝惜，有如墨竹。眼界小，然而没
有时间性、地方性，所以是世界的、永久的。"○，可
是食谱不是诗，光吃清淡的菜汤，不免太寡味了。

是这样的，○，这菜汤的情味，一如她在《倾城
之恋》末段，轻描淡写蚝汤的寒苦——有一天，白流
苏和范柳原在街上买菜，碰着萨黑夷妮公主，便一起
回到白和范的新屋子，萨黑夷妮公主"注意到流苏的
篮子里有去了壳的小蚝，愿意跟流苏学习烧制清蒸蚝
汤"。○，这蚝汤大概没有青菜汤那么淡，可也不见
得适合香港食家们的胃口。

话说白流苏和范柳原邀请萨黑夷妮公主回家吃
饭，"公主"许久没有吃饱过，她唤流苏"白小姐"，

"范柳原笑道：'这是我太太。你该向我道喜呢！'萨黑夷妮道：'真的么？你们几时结的婚？'柳原耸耸肩道：'就在中国报上登了个启事。你知道，战争期间的婚姻，总是潦草的……'"吃什么仿佛都不重要了，散散淡淡的几句对白，便有流水落花的情味。

白流苏真的没听懂范柳原和萨黑夷妮公主的话吗？是这样的，○，我猜这个心机通透的女子大概心里有数，不懂恐怕是佯装。"萨黑夷妮吻了他又吻了她。然而他们的饭菜毕竟是很寒苦，而且柳原声明他们也难得吃一次蚝汤。萨黑夷妮没有再上门过。"○，蚝汤的寒苦里多多少少渗着辛和酸，三个人大概都喝得心事重重，要是没有当事人的经历，别的食客如何能喝出百般滋味？

张爱玲小说里的吃喝清清淡淡，没什么排场，也不怎么讲究，那么，○，光是那份隽永的情味，如何能满足食家的口腹大欲？《半生缘》倒穿插了很多幕吃饭的段落，比如沈太太特地为沈世钧安排了一些精巧小菜，也只是草草数笔，还是以写情为主。她笔下不乏饮食男女，可他们时而"有情饮水饱"，时而满肚子郁闷，都合该吃不出味道了。

《倾城之恋》的范柳原和白流苏也曾是饮食男女。话说他们到大中华去吃饭，"仆欧们却是说上海话的，四座也是乡音盈耳"，流苏问："这是上海馆子？"柳原笑道："你不想家么？"流苏笑道："可是……专程到香港来吃上海菜，总似乎有点傻。"柳原道："跟你在一起我就喜欢做各种傻事，甚至于乘着电车兜圈子，看一场看过了两次的电影……"很抱歉，○，没有具体说到吃什么，吃饭倒像为了调情。

比如《创世纪》吧，匡滢珠和毛耀球上了馆子，然后便到耀球的家听音乐。她望着耀球的脸，"耀球也看着她，微笑着，有他自己的心思。滢珠喜欢他这时候的脸，灰苍苍的，又是非常熟悉的"。是这样的，○，上馆子只是名目，上什么馆子，点什么菜，对于痴男怨女来说，吃饭就像看电影和听唱片，完全不切题，主菜就只有那么一道。

毛耀球"把一只手掌搁在她大腿上"，匡滢珠"要做得大方"，假装不觉得；他摩着她的腿，"虽然隔了棉衣，她也紧张起来"，还是要装作很自然。吃喝也不是完全没痕迹，"因为早先吃喝过，嘴上红腻的胭脂蚀掉一块，只剩下一个圈圈，像给人吮过的，别有一种诱惑性……"他"仿佛上上下下有许多手"，她挣扎，"抽脱手来，打了他一个嘴巴子"。〇，吃喝原来只是没有细节的过场，捉迷藏似的情欲才是主题。

《花雕》也说到皮蛋："郑夫人皱眉道：'今儿的菜油得厉害，叫我怎么下筷子？赵妈你去剥两只皮蛋来给我下酒。'赵妈答应了一声，却有些意意思思的，没动身。郑夫人叱道：'你聋了是不是？叫你剥皮蛋！'郑先生将小银杯重重在桌面上一磕，洒了一手的酒，把后襟一撩，站起来往外走，亲自到巷堂里去找孩子。"是这样的，〇，皮蛋下酒，不仅仅是因为菜太油，倒是由于心里有气，仿佛将将就就，有点凄酸。

张爱玲的食事比兴

○：

　　张爱玲小说（以及小说化的散文如《异乡记》）里的食事，几乎都是比兴，赋的，一篇晚期的《谈吃与画饼充饥》就够了，洋洋万言，写尽大半生的饥与馋。○，那简直就是在垂涎里渗出荒凉的"哀的美敦书"。

　　是这样的，○，看她"画饼充饥"，就像听她姑姑说："从前相府老太太看《儒林外史》，就看个吃。"也真是的，《儒林外史》的吃清淡如"救了匡超人一命的一碗绿豆汤"，"每桌饭的菜单都很平实，是近代江南华中最常见的菜，当然对胃口，不像《金瓶梅》里潘金莲能用'一根柴禾就炖得稀烂'的猪头，时代上相隔不远，而有原始的恐怖感"。

可她的故事每有不安于室的野餐——《异乡记》说："中国人的旅行永远属于野餐性质，一路吃过去，到一站有一站的特产，兰花豆腐干、酱麻雀、粽子……"都是荡游于比兴——"饶这样，近门口立着的一对男女还在那里幽幽地，回味无穷地谈到吃。"○，野餐的比兴一如胡兰成笔下那难画的桃花（因要画得它静），与乎"苦瓜的清正"。

是这样的，○，就是在货轮上也吃得不亦乐乎。她在二等舱遇上一名上海裁缝，他阴恻恻的，忽然笑说："我总是等这只船。"皆因二等舱跟船员一桌，"一日三餐都是阔米粉面条炒青菜肉片，比普通炒面干爽，不油腻。菜与肉虽少，都很新鲜。二等的厨子显然不会做第二样菜，十天的航程里连吃了十天，也吃不厌"。○，那是开怀的赋，要是在回家途中困于封锁的电车，就连包子也印了报纸上的铅字，字都是反的，像镜子里反照出来的颠倒人生，诸如"讣告……申请……华股动态……"那包子于是也成了比兴。

《小团圆》的食事也照例别有怀抱，○，那葱油饼，那沾了一身蒜味（即葱味——编注）的大衣，那百叶包碎肉，那绺子炒蛋乃至那经蒸瘪了、味道像橡皮的蛋白，都像《心经》的荷叶粉蒸肉、《沉香屑·第二炉香》的冷牛肝和罐头芦笋汤、《留情》的砂锅和鱼冻子、《相见欢》的红烧肉和白煮鸡蛋……照例比兴得天花乱坠，然则楚娣在窗前捉到一只相当肥大的鸽子，"深紫闪绿的肩脖一伸一缩扭来扭去，力气不打一处来，叫人使不上劲，捉在手里非常兴奋紧张"。又说起养鸽子的看得远，"必因为看它们飞，习惯望远处，不会近视眼，但是他们兄妹也还是近视"；忽而笔锋一转，"这只鸽子一夜忧煎，像伍子胥过韶关，虽然没有变成白鸽，一夜工夫瘦掉一半。次日见了以为换了只鸟。老秦妈拿到后廊上杀了，文火炖汤"，还"不搁茴香之类的香料，有点腥气"，这鸽子汤依然是比兴，吃得不免惨然。

《小团圆》的食事比兴得最惊心，最血脉沸腾，可又不免最荒凉的，想必是这一段了："食色一样，九莉对于性也总是若无其事，每次都仿佛很意外，不好意思预先有什么准备，因此除了脱下的一条三角裤，从来手边什么也没有。次日自己洗裤子，闻见一股米汤

的气味，想起她小时候病中吃的米汤。"是这样的，
○，那米汤的气味有一种恍如隔世的虚脱，大约只有
《红玫瑰与白玫瑰》所说的"白煮卷心菜，空白的雾，
饿，馋"，庶几相近。

张爱玲食事志：余烬似的小团圆

○：

　　谁都知道张爱玲很馋嘴，可也吃得很挑剔，她晚年索性写了一篇洋洋万言的《谈吃与画饼充饥》，仿佛一口气回顾大半生的食事——从上海吃到香港，从船上吃到路上，也有"吃"的想象之旅，从美国吃到西欧、东欧乃至阿拉伯，从荤到素，或咸或甜，或酸或辣。○，这样的食事志，一生写那么一篇就够了，恰若吃喝浮生《余烬录》。

　　对了，○，都不免是浮生不断记的一章，就叫《余烬录》吧："离开大陆前，因为想写的一篇小说里有西湖……就加入了中国旅行社办的观光团，由旅行社代办路条，免得自己去申请。在杭州导游安排大家到楼外楼去吃螃蟹面。""……吃掉浇头，把汤逼干了就放下筷子，自己也觉得在大陆的情形下还这样暴殄天物，有点造孽……"

她说倒是在香港重新发现了"吃"的喜悦："在战后的香港，街上每隔五步十步便蹲着个衣冠齐楚的洋行职员模样的人，在小风炉上炸一种铁硬的小黄饼……渐渐有试验性质的甜面包、三角饼，形迹可疑的椰子蛋糕。所有的学校教员、店伙、律师、帮办，全都改行做了饼师。"是这样的，○，那不光光是荒凉的"孽"，简直就是活着的"劫"："我们立在摊头上吃滚油煎的萝卜饼，尺来远脚底下就躺着穷人的青紫的尸首"，"因为没有汽油，汽车行全改了吃食店，没有一家绸缎铺或药房不兼卖糕饼。香港从来没有这样馋嘴过。宿舍里的男女学生整天谈讲的无非是吃"。

就像《花雕》里的郑先生，"是个遗少，因为不承认民国，自从民国纪元起他就没长过岁数。虽然也知道醇酒、妇人和鸦片，心还是孩子的心。他是酒精缸里泡着的孩尸"。他的女儿川嫦见了章云藩，觉得"他说话也不够爽利的，一个字一个字谨慎地吐出来，像隆重的宴会里吃洋枣，把核子徐徐吐在小银匙里，然后偷偷倾在盘子的一边，一个不小心，核子从嘴里直接滑到盘子里，叮当一声，就失仪了"。郑先生将郑夫人的一枚戒指押掉了，做了酒席，章云藩也来了，有鱼翅、神仙鸭子、炒虾仁、蹄子……郑夫人气够了便下楼吃饭，却嫌菜油得厉害，叫赵妈去剥两只皮蛋来下酒。○，一顿过节吃团圆饭，便吃得很郁闷，像余烬那么灰，那么冷。

《小团圆》里也有不少吃的片段，都像浮生不断记的"过场"。比如九莉回上海那天，楚娣备下一桌饭菜，次日就有点不好意思地解释："我现在就吃葱油饼，省事。"九莉便说："我喜欢吃葱油饼，一天三顿倒也吃不厌，觉得像逃学。"还有一只捉来的鸽子，"一夜忧煎，像伍子胥过韶关，虽然没有变成白鸽，一夜工夫瘦掉一半。次日见了以为换了只鸟。老秦妈拿到后廊上杀了，文火炖汤，九莉吃着心下惨然，楚娣也不作声。不搁茴香之类的香料，有点腥气"。○，这些食事只是"过场"的比兴，沾满余烬的怨曲。

《小艾》的食事

○：

　　还是要说张爱玲的万言长文《谈吃与画饼充饥》，写得天马行空，大半生食事有若行云流水，教"张迷"目不暇给，莫不惊叹。她自己事后也这样说："多数人印象中以为我吃得又少又随便，几乎不食人间烟火，读后大为惊讶，甚至认为我'另有一功'。衣食住行我一向比较注重衣和食，然而现在连这一点偏嗜都成为奢侈了。至少这篇文章可以满足一部分访问者和在显微镜下'看张'者的好奇心。"○，她说得对："这种自白式的文章只是惊鸿一瞥，虽然是颇长的一瞥。""吃"对张爱玲来说往往不光光是口腹之欲，倒是别有怀抱。

她说非常不喜欢《小艾》这个写于1951年11月4日至翌年1月24日（在上海《亦报》连载）的中篇小说。○，可这个故事里的"吃"倒有点特别，我觉得比《秧歌》和《赤地之恋》的食事片段更为可亲，比如这一段：

自从小艾病倒以后，家中更是度日艰难，有饭吃已经算好的了，平常不是榨菜，就是咸菜下饭，这一天，却做了一大碗红烧肉，又炖了一锅汤。金槐这一天上午到他表弟那里去，他们留他吃饭，他就没有回来吃午饭。家里烧的菜就预备留到晚上吃，因为天气热，搁在一个通风的地方，又怕孩子们跑来跑去打碎了碗，冯老太不放心，把两碗菜搬到柜顶上去，又怕闷馊了，又去拿下来，一会搁到东，一会搁到西。

○，好在不是"大叙事"，也不怎么主题先行（当然这小说突兀的结尾是例外）。又比如写到小艾卧病在床，笑道："闻着倒挺香的。"然后，金桃、金海也来了，这顿饭倒有团圆饭的意义。○，这时小艾便爬起来梳好头，下楼到饭桌上与小孩团团坐定，冯老太端上菜来，向孩子们笑道："不要看见肉就拼命地抢，现在我们都吃成'素肚子'了，等会吃不惯肉要拉稀的。"可是话还没说完，"忽然好像听见头顶上籁的一声，接着便是轻轻的'叭'一响"，○，原来他们这天花板上的石灰常常大片大片地往下掉，"刚巧这时候便有一大块石灰落下来，正落到菜碗里"。

是这样的，○，《小艾》或如张爱玲所言，故事性也许不强，倒是往往以"吃"贯连变幻的细节。也不一定是"政治正确"，比如说上海五月解放了，"楼底下孙家上了国民党的当，以为他们在上海可以守三个月，买了许多咸鱼来囤着。在解放后，孙家连吃了几个月的咸鱼，吃得怨极了"。

又比如说到"那年下半年，金桃结婚了"，成家后"自然需要不少费用"，金槐和小艾"帮了他一笔钱"，"所以刚有一点积蓄，又贴掉了，过年的时候吃年夜饭，照例有一尾鱼，取'富贵有余'的意思，小艾背着冯老太悄悄和金槐笑着说：'去年不该吃白鱼，赚了点钱都"白余"了。今年我们买条青鱼。'"○，那些不无寓意的食事，不管是怨还是嘲，倒不再是《倾城之恋》里那一碗苍凉的蚝汤，或《封锁》里倒印了报纸股市消息、广告与讣告的包子。

是这样的，○，《小艾》就像好些张爱玲小说里的"团圆"场面，以年三十晚吃团圆饭来表述：金槐一家吃年夜饭，酒酣耳热的，很高兴，笑道："现在我们算翻身了，昨天去送一封信，电梯一直坐到八层楼上，他妈的，从前哪里坐得到——多走两步路倒也不在乎此，我就恨他们狗眼看人低，那口气实在咽不下，哪怕开一两个人上去，电梯里空空的，叫他带一带你上去，开电梯的说：给大班看见他要吃排头的！"这倒是一顿诉说"翻身"的年夜饭，读者如我，不免略觉"咽不下"。

书的味道与卧底乌托邦

○：

已经忘了什么时候开始嗜吃各种辣味了：鱼香味、麻辣味、红油味、糊辣味、蒜泥味、芥辣味、大蒜味（即大葱味——编注）……想想也觉彻骨的销魂。是这样的，○，小时候是不大吃辣的，中学毕业那一年跟随父亲回到他的合浦老家，每天吃饭，桌上都有一小碟青色的小野山椒，吃什么都夹一小颗，好像只有那样的辣味，才教味觉清新起来，胃口因而也好起来了。

就像阳光里融化的牛油

有一回读扶霞·邓洛普（Fuchsia Dunlop）的《鱼

翅与川椒》(*Shark's Fin and Sichuan Pepper*)，有一段真是深得我心："成都的空气、语言与人们，当然还有美食里的那种温暖和慵怠，融化了我的英式拘谨，就像阳光里融化的牛油。"〇，那样子的温暖和慵怠，正好就是川味之爱最体贴、最简洁的代言了。

据说邓洛普女士在中国生活了十四年，每到一处地方，都耐心学习当地厨艺，却对川味和湘味一往情深。她说川菜的唯一秘诀就是调味，此所以她可以将一个"四川厨房"轻松地搬回英国。那"厨房"是一个"聚宝盒"，你知道吗，〇，那宝盒里面装着的，是地道的调味料：郫县豆瓣酱和剁椒、永川豆豉、新繁泡菜、汉源花椒、豌豆淀粉、朝天辣椒……也许还有麻辣火锅的配料。她带着地道的川味上路，去到哪里都可以下厨做川味菜式，写温暖而慵怠的饮食文章。

不知道在四川生活了一段日子的邓洛普女士是否认识诗人石光华，在我看来，石光华的《我的川菜生活》是最正宗的川味宝典。翟永明说80年代的成都有"老三嘴"，石光华是其一，"另两嘴是欧阳江河和钟鸣，这意思是他们的口才了得"。也许这"老三嘴"都很馋，是他们教晓我什么是地道的川味。○，从前每年到成都两三回，他们总是半开玩笑说：又回乡了。

他们说得对，又回乡了，川味几乎成了我的乡味。"白夜主人"小翟喜欢石光华的一首诗，○，我猜你多半也喜欢，诗说："明天仍然是酒和植物的日子／诗人被允许沉默／用一天的梦想为漫长的年代保留香泽／回想一生中永远干净的女人。"那教我想起跟他们在粪草湖喝酒的那段老好日子，记忆中，石光华和后来当书商的万夏都能喝酒，也能做很好的家常川菜。

川菜的"七滋"与"八味"

《我的川菜生活》从川味基本的材料——葱、姜、蒜、辣椒着手，从而细说真味的简单道理。椒是干椒和泡椒，"姜是兄弟"，葱（尤其是葱汁）是不大起眼但绝对不能忽略的材料，"大蒜影响的口气和态度"。是这样的，○，懂得用这些简单的材料，才可以做出"七滋"（甜、酸、麻、辣、苦、香、咸）和"八味"（鱼香、酸辣、椒麻、怪味、麻辣、红油、姜汁、家常），那真是很寻常但很了不起的"深层味觉"呢。

印象中，四川男子都很能做菜，他们大清早便切姜切葱切大蒜，从大大小小的瓶子挑出一匙一匙的椒末、泡椒，调成酱，用来拌面条、青菜和熟肉，便可以做出一顿美味的早餐。是这样的，○，川人不免嗜麻、嗜辣，可川味不光光是麻味或辣味，至少比起湖南、贵州、云南诸省的辣味，川味之辣倒是相当温和的，难得的倒是能与百味相融，创造出一尝难忘的"七滋"和"八味"。

川人亦有简单却隽永的回锅肉、堪称神品的开水白菜，还有活舌、开胃、解腻、补身、美颜、醒酒的好汤……○，很喜欢《我的川菜生活》这本川味宝典，因为那是活脱脱的人世味，是数十年如一日的家常菜心法。○，它像一首诗那样，细说善食者为什么都善于做素菜，如何才可以将吸收了大地之气、在阳光雨露中生长出的菜蔬做出醇厚的真味。○，它真的像一首诗那样，细说川菜有一个民间的"清凉世界"，还解说如何才可以将清凉的韵味发挥得淋漓尽致。

在某程度而言，川味跟粤味有不少相通的地方，比如石光华说"牛肉加萝卜等于美食主义"，他也细说川人爱喝老汤，说那是一份家常的幸福，这些何尝不是粤人的最爱？是这样的，○，石光华的饮食文章写得极有味道，可他不以名厨自居，写的都是寻常而难得的人味。他说："我和我的兄弟都喜欢做菜，对家常菜而言，手艺大致也还说得过去。当然，我多读几年书，嘴上功夫比兄弟要强些，实际做起菜来，却不如他。我们家庭的历史上，似乎没有出过能够说上一说的厨师。"

做菜的男子与"久吃成厨"

石光华说："饮食上，我推重清淡却又心恋麻辣；做人上，我心向平淡却又爱与人争执，想来多少是奶奶的潜移默化。"是这样的，○，一个男子要是能做一点菜，多半是为了家庭和朋友，他说："我的朋友中，很有一些或做得一手好菜，或对吃食有超俗独到的见解，至于爱吃善吃的饕餮之徒，几乎个个都是。"那叫作"久吃成厨"。

他谈到万夏和宋炜所做的好菜，还说有一位长者待他如子，常做饭给他吃。这段文字很有情味："他做菜，却非常精细。一盘凉拌黄瓜丁，色味俱全，几乎连每一丁黄瓜，大小都切得一样……"又说到长者的豆苗粥："其香，其味，其色，微妙之中见玲珑之心；我看过他做菜的过程，非常细致讲究，但是做出来的东西，却很清新朴素……在我的川菜生活中，他是我的朋友，也是我的老师，他就是我会感念一生的静轩先生。"○，静轩先生就是已故的诗人孙静轩，我没吃过他做的菜，跟他倒有一饭之缘，因而读这段文字，特别有感觉。

石光华的川味之书让我想起萧伯纳的一句话："这世上没有任何爱情比食物之爱更诚恳。"○，还想起一本谈吃的小说，叫作《西班牙甜酒：爱情食谱》（*Sangria - A Recipe For Love*），作者名叫雷克娜（Manuela Requena），西班牙裔，在布里斯班生活。她像书中的女主角玫瑰那样，失去了嗅觉和味觉，活得很苦闷，要长期吃药，食而不知其味。

食物带来的生命奇迹

是这样的，○，三十三岁的玫瑰尽管闻不到任何气味，可是十五年来都用同一个牌子的香水，涂香水只是生活习惯，或者是她与气味的记忆唯一的联系。她养了一只猫，为她试味，那猫爱吃的，她便吃，那猫不吃的，她也不吃。可以想象，这样的生活实在太缺味了。

是这样的，○，有一天，玫瑰在市集遇到一位名叫依莎贝的吉卜赛女郎，教她用一种神奇的香草，做出二十五道神奇的西班牙家常菜，这样就拯救了她消失了的味觉和嗅觉，让她重新发现了生命的乐趣。

沉闷的生活也许真的需要"异魅"的食物带来这样或那样的奇迹，○，此书的出版社在印度，叫作"卧底乌托邦"（Undercover Utopia）。

餐馆的烟味与辣椒的诱惑

○：

　　这一回到上海，吃第一顿晚饭的时候，最不习惯的味道，竟然是烟味。是这样的，○，餐馆分明是禁烟的，墙上分明有国际通行的禁烟图案，可是男男女女都视若无睹，照抽可也，那就"入乡随俗"好了，省掉走出店外的工夫了。起初真有点不习惯，还有点犯罪感，抽了一根两根之后，渐渐便处之泰然了，由习惯到不习惯，由不习惯到习惯，过程好像很漫长，很曲折，可是想深一层，也不过是一念之转，或一门之隔。

脆弱的惯性，顽强的味道

　　这也许只是动物行为学的第一课：人其实是顺从

的动物，人其实也是反叛的动物。总是这样的，○，旅行的过程总是充满这样或那样的异想，走在异乡的大街小巷，吃到味道不一样的食物，犹如呼吸着不一样的空气，人的行为便在不知不觉间渐渐改变了。○，在外地的食肆抽烟，只是反映了其中一种脆弱的"惯性"，旅人对食物的各种"异魅"的爱与恨，适或不适，说来恐怕只是一种临时机制，一种不怎么长久的姿态，本质上总是非常脆弱的。

辣味好像比什么味道都要顽强些，○，也不知道是什么原因，在北京、上海乃至广州，川菜和湘菜馆子好像愈开愈多。这还不止，在上海的大街小巷所见所闻，辣味也愈来愈浓郁了，江南菜、杭州菜、广东菜乃至上海菜，菜单上都流行加入剁椒、泡椒和麻辣的菜式。有一天，在一家叫作梅龙镇的馆子大门前，看到一段简介，说到川菜与江淮菜原来颇有渊源。是这样的，○，食物（尤其是辣椒）的旅行史（或迁移史）其实一直改变着我们脆弱的口味和饮食习惯呢。

大概没有人可以在旅途上不接触任何异国的味道，椒味（及其色相）尤其是教人难以抗拒的诱惑。

是这样的，○，哪怕是帕斯（Octavio Paz）在开罗前往孟买的船上遇到的那个貌似苦行僧的印度王公，在进餐时，椅子老被绳索圈住，摆出一副生人勿近的姿态，他也不可能自绝于混杂而不断变调的百般滋味。○，因为航海史其实就是全球殖民史，也是食物和味道的迁移史。说来真巧，烟草一如咖啡、香料（尤其是辣椒），这些都是航海大时代带给全世界的恩宠，或惩罚。

这一回在路上吃得最多（也是最有滋味）的，依然是辛辣的味道。是这样的，○，有一天吃了一盆极好的麻辣烤鲴鱼，长方形的盆子里有一尾两斤半的鲴鱼，是用炭火活烤的，浸于香辛无比的麻辣汤汁，上面铺了一层红椒和香芹，盆子底下是一盆烧得正红的炭，那是重庆口味，比水煮还要美味。有一天吃了剁双椒大鱼头，一半是泡红椒，另一半是青色的小野山椒，那不光光是色相养眼，两种辣味，一艳一野，这蛮有创意的湘味，真是天下无双的辣味二重奏呢。

一言难尽的迁徙流变史

这些不断改造味觉经验的川味和湘味，也得向航海大时代致敬。是这样的，〇，已故的美国人类学家罗伯特·洛威（Robert H. Lowie）曾开列一张堪可说明欧洲人"饮食惯性"的餐单：番茄汤、煎牛排配马铃薯、四季豆、杂锦面包（小麦、粟米）、凉拌菠萝蜜、西米布丁、咖啡或茶。餐单上的食物很普通，在今天看来，平平无奇，但在航海大时代前夕，餐单上的大部分食物在欧洲是不存在的。番茄、四季豆、马铃薯、西米、菠萝蜜、粟米、咖啡、茶，都来自遥远的异国，都经历了一言难尽的迁徙流变史。

罗伯特·洛威告诉我们，在哥伦布的船队登陆美洲之前，欧洲人的饮食是多么地没趣。是这样的，〇，今天吃西餐，最后一项选择必然是咖啡或茶，可两者都不是欧洲的产物。据罗伯特·洛威考证，咖啡原产于非洲，阿拉伯人在15世纪已用作饮料，一度传播到土耳其，近代咖啡馆要到17世纪末才在欧洲出现。

　　说来真是很有趣，咖啡曾被欧洲人当作药物，用来治疗牙痛、伤风乃至精神病（歇斯底里症）。到了18世纪，还有好一些医生认为，咖啡会诱发胃病和霍乱，它的成分更会令女子不育、男子阳痿。○，这些"天方夜谭"去今未远，顶多只是二三百年前的事，由此可见，现代人饮食习惯的文化和历史实在是太短暂了。

　　70年代到内地旅行，最不习惯的，大概是在早上没咖啡喝。○，还记得朱西宁有一个短篇小说，里面有一个戴斗笠的乡民去了台北，不大能理解城里人为什么爱喝一种黑墨墨而带苦味的、叫作"咖灰"的糖水。如今咖啡店已经成为两岸三地不可或缺的街道风景了，可见口味真的是很脆弱的，咖啡之由不符国情到遍地开花，算起来也不过是三四十年间的事情。

　　罗伯特·洛威告诉我们，到了18世纪，巴黎还有一位名医指出：咖啡可降低性欲，这样便有助于两性关系的升华。王家卫电影里的饮食男女大概也是此说的信徒，他们到皇后餐厅、金雀餐厅谈心或谈判，想来也是在餐桌上解决一些在床笫上解决不了的问题吧。〇，食物的旅行总是如此这般改变了人的行为和心理，从而改写了文化史。

食物和味道的漫游记

是这样的，〇，原来辣椒一如粟米、花生、南瓜、马铃薯和烟草，都是来自美洲的植物，辗转才落户中国。中国人从前不是不吃辣，但传统的辛香材料并不是辣椒，而是花椒。麻辣正是传统与现代口味的交融吧。〇，原来贵州、湖南一带有史可稽的"辣椒文化"，只可以追溯至清乾隆年间；更要迟至道光以后，辣椒作为最具诱惑的味道，才在黔、滇、湘、川四省与花椒、葱、姜、蒜、芹等辛麻味道相结合，而得以发扬光大。

食物和味道的漫游记可以说上一千零一夜也说不完。是这样的，〇，蚕豆大概要到元朝时才由波斯输入中国，西瓜在五代至北宋时期才从西亚传入……〇，诸如此类的植物迁移史告诉我们一个事实：食物与味道随着旅人漂泊，在不同的国度落地生根，在不同的水土一再变种，在漫长的历史长河里，很多日常食材（及其口味）的迁移史实在是太短暂了。有时会这样想，我们今天所说的饮食传统，会不会只是一种脆弱的姿态呢？

辛辣的味道总是有教人无法抗拒的诱惑，它好像比什么味道都要顽强些。是这样的，○，辣椒到了不同的地域，便会发展出不同的辛辣"异魅"（诸如不同口味的咖喱，这一回出门，在苏州河畔的莫干山道"艺术仓库"，便吃了一顿很有惊喜的咖喱鸡饭），或者变成当地饮食传统的一部分，或者取代原有的饮食传统，逐渐成为新的饮食风尚，如此这般地生生不息，才不会自囿于一种脆弱的姿态，才不会沦为味觉的原教旨主义者。

吃者与被吃者

○：

有一回看电视的饮食节目，发觉阔别经年的马湾已经彻底变了，不再是从前的小渔村了，汲水门一带有不少鱼排，简直就是一个大型的鱼市场，据说养的是渔民的渔获。是这样的，○，这些年来，我们的城市盛行"豪吃"、"速吃"和"暴食"，大大小小的离岛原来都变成联群结队去吃海鲜的地方了，这个岛和那个岛一如这个区和那个区，食物的品种与味道愈来愈单一化和消费化了，也愈来愈布尔乔亚化了。

被强行阉割的味觉

是这样的，○，当布尔乔亚早已成为一个过时的词语，这个城市的饮食品位却将几十年前的布尔乔亚吃喝本质普及化乃至一体化，同时将稍有特色的餐饮店急不可待地连锁店化或米其林化。〇，渐渐就觉得，那是饮食文化的彻底堕落，同时也是变相对本来多样化的味觉强行阉割。要吃一顿惬意的晚饭？也许就只有到街市选购食材，然后拖着疲乏的身躯回家做菜了。

〇，只是想说，地道的街坊小菜馆不断边缘化，日渐罕见了，要是再没有普罗平民的饮食，大街小巷只有不断复制的快餐店和餐饮连锁店，只有"富豪食堂"和"明星食堂"，〇，不是没有选择，只是可供选择的已经愈来愈少了，那就不禁要问：从前的"美食之都"还存在吗？

每一回走到北角、深水埗、湾仔、旺角、油麻地和筲箕湾等老区，都会发觉一家又一家老餐饮店结业了，消失了，食肆不停地更换招牌，不停地消失，仿佛去到任何一个角落，吃到的都是有如倒模的复制食物。〇，到了今天，也许只有地铁不能直达的九龙城、红磡、新蒲岗、大角咀，或环头环尾某一角落，才隐约见到隐匿的老餐饮店或街坊小菜的踪迹。无可奈何的是，老区的地皮愈来愈值钱了，都急于重建了。〇，可以理解，居民都渴望改善生活呢，这些最后的阵地还可以支撑多久呢？

正因如此，不是不喜欢吃海鲜，只是不喜欢吃大规模养殖、食之无味的鱼虾蟹，也不喜欢开天杀价的"生猛海鲜"。〇，不是要刻意避开布尔乔亚的尴尬，只是想说，要吃海鲜，就只有到街市选购，亲自入厨，蒸一尾活鱼，做姜葱蟹或胡椒蟹，做砵酒焗生蚝或芹菜蛤蜊汤，做蒸汁蒸带子或香煎大虾。

农民（渔民或普罗劳动者）和布尔乔亚的吃喝有什么不同？〇，我想起约翰·伯格（John Berger）的一篇写于20世纪70年代、发人深省的文章，叫作《吃者与被吃者》（*The Eaters and the Eaten*）。他以一个劳动者的身份告诉我们：尽管法国与英国的布尔乔亚对食物的态度绝不相同，德国的和希腊的、罗马的和哥本哈根的宴会有别，但消费社会最简单的表现形式依然是吃，那不仅仅满足经济需要，也要满足文化需要。〇，这种兴起于一个世纪前的饮食态度，正好说明了"吃者"如何沦为"被吃者"。

农民与布尔乔亚的吃喝

是这样的，○，约翰·伯格说：布尔乔亚的吃喝是一种兴奋剂，一种典型的俄狄浦斯式的戏剧，他们的舞台不是床，而是餐桌，上演着衣饰、餐具、礼仪、侍候和款待，社交代替了家庭，当中包含了如此或如彼的权力与冲突，壮观的食物，吃者日渐变得崇尚暴食（尤其是肉），日渐变得消费化。○，这些吃者以幻象、仪式和场面为中心：那是离心的、文化的，那是永远不得餍足的欲望。也许，他们在经济发达时期暴吃了半生，由消瘦变成痴肥，然后不自觉地由"吃者"变或"被吃者"。

是这样的，○，约翰·伯格说：农民的吃喝意味着劳动的结束，让满足了的胃安静下来，他们对食粮像对自己的身体那样熟悉，吃喝如生活节奏那样是循环的，膳食的重复一如四季的更替，食材必然是本土的，此所以必然是不时不食（他们基本上不吃不明来历的食物）；宴会总标志着一个特殊的重复时刻，那是向心的、物质的，总是在满足食欲中得以完成自我的价值。○，那是一个劳动有时、吃喝有时的老好年代，"吃者"无论如何都不可能变成"被吃者"。

书店里有大量的食谱和食经，电视里有这样或那样的饮食节目，网络上有无数的饮食资讯，报章杂志充斥着各式各样的饮食专栏文章（大概应该包括这一篇），○，问题也许正好在于资讯泛滥而真味难求，此刻便想：那到底是真实地反照出一个饮食的盛世，还是倒映出一种近乎画饼充饥的心理补偿呢？

或者换一个角度，当离岛纷纷变成吃海鲜的去处，当老区的街坊小吃或街坊小菜不断变质、不断消失，当所谓"口福"真的变成一种布尔乔亚式的幻想或欲望，○，我们如何才可以避免成为无数"被吃者"中的一员呢？难道劳动者与食物的伦理关系早已一去不返？

停下步来，对食物思前想后

或者再转换一个角度，这城市的老区是不是像《人间有情》里的梁苏记制伞厂，或《岁月神偷》里的鞋铺，只是一种贩卖温情、因距离而不自觉地加以美化的追忆？只是一种过滤了沉渣的老瓶新酒？○，只是想说，这是一个不可回头的资本城市，狮子山下早已不存在一个数十年前的美好世界了，因为从前的社会伦理与社区关怀已不复存在了，都跟随着不断拆迁的安置区、老村、老区、老店，更新了或永远消逝了。

　　这一回到上海和济南，很多记忆中的食肆已不复存在了，甚至整个小区都消失了，都被资本的巨轮碾平了，只有一座又一座让人不知身在何处的商场，里面挤满千篇一律的货品和品牌。○，到处都见"优衣库"，据说这平民品牌的创办人柳井正乃日本首富呢。没事，○，老街换新颜其实不是坏事，只是想，可不要像"吃者"不自觉地变成"被吃者"，任由自己一如满街的"衣者"那样变成"被衣者"就好了。

　　没法，世界在变，变得愈来愈高速了，○，也许，在制伞厂或鞋铺以外，合该有一本小说、一出舞台剧、一部电影，以消失了的老区餐馆为背景，最好不仅仅是怀旧与温情，要是能透过不复存在的街坊饮食文化，让"被吃者"反思社会与自身的荒唐；要是能在老区伦理中，让那些在高速运行中疲惫的饮食男女停下步来，对食物思前想后，重拾"吃者"的不卑不亢的本色（或尊严），○，那真是功德无量了。

慢食·素食·米其林

○：

几乎每星期都有谈吃的书面世，有时想，为什么我还要多写一本呢？也许每一位谈吃的作者都有这样的疑问吧。我此刻的想法是这样的，○，食经、食谱、以食物为题材的小说和随笔充斥书市，也许只是反映了一个普遍的事实：劣质食物太多了，吃喝的态度愈来愈庸俗化了，世人对食物总有这样或那样的"欲求不满"，最终只有将被压抑的欲望诉诸文字。

吃什么（或不吃什么）也许还不仅仅是一种欲望，同时也是一种存在的抉择——我如何吃，故我如何存在。满街都是食肆，因为有所选择，所以有所犹豫。是这样的，○，我如何取，其实就意味着我如何舍。要是饥寒交迫，走几里路才看见一家野店飘起袅袅炊烟，你的胃在叽叽咕咕，你还可以选择什么，犹豫什么？

对食物的"欲求不满"，也许只是生活在富裕城市的闲愁吧。是这样的，○，有幸活在充斥着喧嚣与浮躁的盛世，因为有所选择，所以有所犹豫，那超乎生存所需的闲愁可能就是最后的民主精神了，那么，吃什么（或不吃什么）已经不仅仅是口腹之欲，而且还是一种人生态度，一种生活美学，○，于是意大利人卡罗·佩特里尼（Carlo Petrini）提倡"慢食"（slow food），美国人赖恩·贝里（Rynn Berry）则提倡"素食"。

三个关键词：优质、清洁和公平

"慢食"为什么会渐渐形成一种生活哲学呢？是这样的，○，因为"慢食"不仅仅反对席卷全球的快餐文化，面对主流饮食风尚的工业化生产，乃至商业化消费，我们作为"吃者"，其实并非完全被动，也并非毫无选择——原来是这样的，生活可以放慢步伐，饮食也可以放慢节奏。佩特里尼告诉世人，只有这样才可以寻回早已失落的真正美味。

是这样的，〇，佩特里尼是全球"慢食运动"（Slow Food Nation）的发起人，以三个响亮的 O 音作为饮食素质的衡量标准：Buono, Pulito, Giusto。这三个意大利词汇的意思就是"优质"、"清洁"、"公平"，同时也成为《慢食运动》这本书的三个关键词。

《慢食运动》这本书可分为两个方向，其一是感性的日记，其二是理性的思辨。是这样的，〇，感性的日记讲述作者在旅途中遇到的食物故事，比如墨西哥的优质苋菜为什么消失了，当地农民为什么改种劣质的粟玉米？世界银行指导印度养殖大虾，为什么变成了一场生态灾难？对了，〇，这些故事其实想说，不断变形的地球有一段无限沧桑的食物生态史。地球变形了，畜牧业及农业也变形了，地球人的饮食文化不可能不随之而变形。

至于书中的理性思辨，其实也是一种变形的思辨。是这样的，〇，佩特里尼既思考如何改革不同国度的农业，也思考如何摆脱工业化生产系统。此人深信这些问题其实都不可避免地涉及食物的知识与教育，都不可避免地涉及对早已败坏的地球生态，乃至早已扭曲的人性的深切反省。是这样的，〇，佩特里尼告诉世人，只有深切反省才明白那是地球人惹的祸，才明白只能靠地球人重新认识可持续的生活态度，生存才可以摆脱人为的灾难。

"慢食运动"提倡的不仅仅是饮食文化的保育精神，不仅仅主张保育一些物种、一些食品、一些工艺、一些配方，而且呼吁世人必须保育祖先赖以生存和繁衍的农业传统、饮食文化和生活哲学，那才可以长久贯彻优质、清洁和公平这三大原则。是这样的，〇，此书新近出版了简体中译版，那就似乎别具意义，译者尹健说得好："中国人应当正视这些问题，在我们的发展中吸取西方的教训，找出一条既能让十三亿人过上小康生活，又不以破坏地球环境为代价的发展道路。"

素食文明史的四大源流

赖恩·贝里是北美素食者协会的历史顾问，精于以历史观点研究素食主义，他的《经典素食名人厨房》（*Famous Vegetarians and Their Favorite Recipes*）最近也出了简体中译版。是这样的，○，此书不但考据了素食的世界史，还列举世界史上的哲人、智者素食食谱，言外之意似乎要告诉读者，素食原来有一段不为人知的文明史，从而以另一角度向世人宣示素食的意义。

是这样的，○，按照此书所述，地球上的素食主义有四大源流：

其一：源自古希腊的毕达哥拉斯（Pythagoras），他主张身体和灵魂的修炼，同时认为动物跟人类一样，是有灵魂的，他的素食思想影响了柏拉图（Plato）和达·芬奇（Leonardo da Vinci）。

其二：源自古印度的佛教创始人释迦牟尼，他与耆那教尊者大雄一样主张戒杀生。大雄即梵文"摩诃毗罗"（Mahāvīra，伟大的英雄）的简称，他主张的戒杀生近乎极端，比如人不应坐椅子，因为坐椅子会压死亿万的微生物；人也不应穿衣，因为穿衣会造成更多微生物伤亡。

其三：源自中国的老子，他崇尚自然，主张素食是为了养生——为无为，事无事，味无味。

其四：源自耶稣基督，据《死海古卷》（*The Dead Sea Scrolls*）所载，他是拿撒勒人（Nazoreon），乃主张茹素的艾赛尼派（Essene）的一支。

如此说来，素食的四大源流对整个世界的文明无疑有莫大影响。是这样的，○，赖恩·贝里堪称素食文化的探险家，他这本书辑录了毕达哥拉斯、柏拉图、佛陀、大雄、老子、耶稣、达·芬奇、英国诗人雪莱（Percy Bysshe Shelley）、俄国大文豪托尔斯泰（Leo Tolstoy）、萧伯纳以及披头士成员保罗·麦卡尼（Paul McCartney）等三十位知名人士的素食食谱，让读者参照，试做素食佳肴，从而享用心灵的美味。

美食王国的末日危机

说到美味，○，你可知道香港最近有两家饭店被《米其林指南》（*Michelin Guide*）列为三星级，生意滔滔，TVB 的特别节目《我的2009》其中一集，店主现身说法，不忘感恩。 那边厢，美国著名食家迈克尔·斯坦伯格（Michael Steinberger）的《法国美食末日危机》（*Au Revoir to All That: Food, Wine, and the*

End of France）在台湾出了中译本，对《米其林指南》弹得树摇叶落，那么，〇，你说《米其林指南》到底是法国美食向上的助力，还是进步的阻力？

是这样的，〇，斯坦伯格为我们揭破了"米其林神话"。他亲身经历了一次法国美食之旅，也访问了不少法国顶级名厨，可他的结论是这样的：在三星级名厨保罗·包库斯（Paul Bocuse）的餐馆里吃到的午餐，只是"一块无味的鱼排淹在比石膏泥还厚的奶油酱里，左右两侧塞上黏糊糊的面条"。他慨叹"美味天朝"故步自封，当西班牙名厨以"分子美食"的实验精神震撼世人，法国名厨却只顾向"联合国教科文组织"联署申请将法国美食列为世界文化遗产，却不知道法国早已沦为"美食博物馆"。〇，那真是太伤感了，美食在法国，原来已变成了供人凭吊的文物古迹了。

是这样的，〇，斯坦伯格告诉世人，正当"慢食"日渐成为全世界精致的饮食风尚，法国人却钟情于快餐，从前的"美食王国"法兰西已沦为麦当劳营业额第二高的市场（第一位当然是美国）。斯坦伯格指出，法国僵化的劳动法造成经济普遍不景气，餐饮业因而日趋萧条，高达19.6%的餐饮增值税（VAT）更令餐馆雪上加霜，食客却步。

那真是伤透了法国美食迷的心了。〇，法国书评人倒是颇有风度的，含蓄地承认此书"让人气愤却又回味再三"。斯坦伯格也不是只弹不赞，他倒很欣赏巴黎近年掀起的"小酒馆运动"（Bistronomie），年轻一代厨师都不再迷信《米其林指南》的星级神话，纷纷自立门户，开设很有创意的小酒馆，为没落的法国厨艺再次开拓生机。〇，我想说的是，《法国美食末日危机》这本书其实也值得号称"美食天堂"的香港借鉴，事实上，本地餐饮业也是危机重重。

谁控制了食物，谁就控制了世界

是这样的，〇，每星期跟你逛书店，都看到这样那样的谈吃的书，一本接一本出版，教人眼花缭乱，目不暇给。最近看到日本前经济官员榊原英资的《吃遍世界看经济》，匆匆读了一遍，倒觉得有点特别。〇，此书特别之处是从"吃"切入，又不限于口腹之欲，倒是从经济学的角度，引领我们进入一条饮食文化与经济发展的时光隧道，从18世纪英国的工业革命，到21世纪亚洲经济的崛起，娓娓道来，并无一般人看不懂的经济数据和图表，只是从亲身经历与观察告诉我们一个简单的道理：谁控制了食物，谁就控制了世界。

榊原英资在书中一方面诉说全球美食的不同流派，另一方面从经济史着眼，分析法国美食的文化战略，中国与亚洲各地何以从饮食丰盛沦为西方殖民地，快餐文化又何以席卷全球，东洋饮食风尚何以风行全球，"吃"的潮流何以回归东方，何以会出现"亚洲复兴"的格局……○，那是因为"吃"不光光是口腹之欲，还有一个极为重要的角度在过去却被忽略了，那就是"吃"总会涉及文化传统。

这些都是很有趣味的话题，榊原英资这本书大而化之，是这样的，○，带引我们绕到另一角度看"吃"的种种，从中看出食物与烹调的经济史和文化史，继而看出"吃"的另一种文化力量。

美食电影的情与欲

○：

　　看电影的时候，总是爱看戏中人怎样吃饭，有些情节也许忘记了，一些吃饭的片段倒是永志难忘的。是这样的，○，想起楚原拍于半个世纪前的《可怜天下父母心》，便会想起白燕、王爱明、冯宝宝这三母女为一个生日鸡蛋而演得涕泪交零的那场苦情戏。也许很多年后想起罗启锐的《岁月神偷》，只会记得一家四口在鸡犬相闻的穷巷里吃晚饭的"大场面"，傍晚时分，街坊都在穷巷里开饭，有食相呼，忧戚与共。记得这些吃饭的片段，也许是因为没有忘记，那段消失的岁月里有过老套的滋味，辛酸而温暖。

感恩的一顿饭，情味的奏鸣曲

有一回，胡燕青说起她的童年故事：街坊得悉邻房住客失业多时，米缸空空如也，于是盛了一大碗米去拍门，说刚籴了新米，很有饭味，无论如何都要试试。○，那时我也想起另一个童年故事，话说山村一屋六伙，其中一户失业断炊，邻人想起收过那户人家的菜干，便做了一大锅菜干猪骨粥，还有一大钵炒面，叫那户人家一起吃，边吃边说：你送的菜干好"聚火"呢。○，很老套，那委婉的情味却是辛酸而温暖的。

是这样的，○，看过电影《芭比的盛宴》（*Babette's Feast*）的人大概都会同意，一顿感恩的晚餐犹如细诉情味的奏鸣曲，散播着温柔与辛酸，那些用心制作的食物不仅仅为了满足口腹之欲，正如奏鸣曲不仅仅是为耳朵服务，要是触动不了生命和记忆，便谈不上嘴巴和耳朵的感动。

喜欢丹麦女作家伊萨克·迪内森（Isak Dinesen）的原著，可电影也拍得很不错，○，你大概也会喜欢的。所谓"盛宴"，是为穷乡僻壤的清苦教徒而设的，充满感恩之情。芭比本是法国名厨，避居斯地，每天都为教徒煮咸鱼和面糊，其后她忽然赢得一笔彩金，便决意为教徒做点事，亲自去采购食物，说服了教徒赴宴，他们答应了，但声明不会评论食物的味道。○，那是因为他们相信，舌头是用来感恩的，不该沉溺于异国美食。

是这样的，○，菜单太丰盛了：汤是 Amontillado 雪丽酒配海龟汤，前菜是1860年 Veuve Cliquote 香槟配俄国燕麦烤饼，还有俄国鱼子酱，主菜是用黑松露与鹅肝酱做馅的鹌鹑酥盒，配1845年 Closde Vougeot 红酒，甜点配优质干邑。但这些美食都只是配菜，真正的主角是情味——九十岁的老太太带了她当将军的侄儿赴宴，这将军年轻时曾追求牧师的女儿，很多年以后，美食勾起了他的初恋记忆，清教徒都吃得缄默，只有他一人赞美好酒好菜。○，很多年后也会记得他为盛宴总结陈词："美食和美酒足以使平凡的一顿饭变成一场恋爱。"

吃得痴肥，但依然饥饿

有一回在电视上看到德国电影 *Bella Martha*（忘

了中译是不是《美味关系》），一直忘不了这一幕：女
厨师躺在床上，呢喃着一段诗化的独白："秋天的野生
红牛肝菌真好，可配薯蓉和吞拿鱼……春天的野蘑菇
或者冬天的老人头菌也是好的……我最喜欢做的是红
烩小鸽子，要是用白朗宁酒和波尔多红酒滋润一下，
加一点百里香油，拌入意大利粉和切细的洋葱……"
是这样的，〇，这部德国电影提醒我们，德国人除了
香肠和咸猪手，原来也像法国人、意大利人、拉丁美
洲人那样，醉心于烹调教人勾起情味的美食。

　　是这样的，〇，香气与轻音乐弥漫于小小的客厅
（什么时候开始，我们的沙发和饭桌总是要朝着电视
机？），那画面很明丽，烛光很柔和，银餐具很晶亮，
然后，一道接一道如梦似幻的美食布置在白色的餐桌
布上，散发着色香味的诱惑……〇，电影的吃饭场面
总是不忘提醒我们：世界在不知不觉间变了，一顿饭
的情味也变了。

　　这部德国电影据说被好莱坞重拍，据说更华丽了，
那是现代人想象的盛宴，相比之下，《芭比的盛宴》或
《岁月神偷》只是野宴而已，而李安的《饮食男女》倒

是华美的家宴。是这样的，○，愈来愈觉得一些"美味电影"、"厨神电影"总是铺陈一场华丽而讲究的人生美馔，观众的舌头尝不到味道，鼻子闻不到香气，只可以用视觉、听觉和想象感受。人生哪得几回见的超级盛宴，说来也许就是吃得痴肥但依然饥饿的现代人的"欲望乌托邦"。

　　还是要说，电影的吃饭场面总是不忘提醒我们：世界在不知不觉间变了，一顿饭的情味也变了。电影中的美食什么时候失去了某些动人的情味，变成了只是专注于撩动食客的欲望？是这样的，○，我想起了一本书——英国历史学家费尔南德斯-阿莫斯托（Felipe Fernandez-Armesto）的《食物的历史》（*Food: a History*，美国和加拿大版改名为 *Near a Thousand Tables*），当中引述了美食家布里亚-萨瓦兰（Brillat-Savarin）的一则逸事，教人为之绝倒：

　　他向人们证实春药的功效。做这种研究确实有点不太雅观，容易引起愤世嫉俗之人的嘲笑。但是，追求真理总是值得称赞的。他的一位受访者承认，在佩里戈尔享用了一道"丰盛的松露鸡晚餐后，受到了客人的非礼"。我能说什么，先生？我只能归咎于松露了。

在交配之后，总是忧郁的

是这样的，○，那只是人性的另一面：生蚝、巧克力、茄子、马铃薯、罗勒、鹌鹑、海龟、鱼子酱都被当作春膳的材料，吃了松露而举止失措，费尔南德斯-阿莫斯托说春膳由来已久："松露并不是真正的春药，然而，在特定情况下，人们在食用了松露后，女人变得更加迷人，男人变得更为殷勤。"

吃喝有时，欲望有时，○，电影中的美食也许不一定是中国人所说的"饱暖思淫欲"，要是情欲也应该是一种情味的话。很多年前看过英国导演彼得·格里纳韦（Peter Greenaway）的电影《情欲色香味》（*The Cook, the Thief, His Wife & Her Lover*），大贼是个性无能，常常虐待妻子；他最爱到一家很迷幻的餐馆大吃大喝，边吃边骂人，老说下流笑话。可在他大吃大喝之际，他的妻子跟一个举止优雅的男子搭上了，两人经常乘大贼喝醉，躲在洗手间或厨房偷欢，大贼知道了，便掀起一场大追杀。

　　这部英国电影跟它的片名一样复杂而古怪。是这样的，〇，片中四个人物的身份和关系极尽荒诞之能事，食欲与情欲、爱与恨，情色与血腥共冶一炉，简直就是一场夹杂了百般滋味的盛宴，仿佛就是打翻了五味架和香料瓶的荒诞人生。涂饰了浓艳灯光和色彩的餐馆有若一个舞台，上演的戏中戏很华丽，很怪异，任谁看了都觉得匪夷所思。〇，我倒觉得那是一个发人深省的"欲望寓言"。

　　据说，希腊数学家毕达哥拉斯原来也是占卜家，他曾有此宣言："不幸的人们啊，放弃豆子吧！"原来古希腊人相信豆子有魔力，能提供"促发情欲的蛋白质"；有助于催情的食品，还有竹笋和贝类海产，因为它们与两性的生殖器官很相似。没事，〇，这逸闻倒教我想起弗林盖蒂（L.Ferlinghetti）的名句："每一种动物，在交配之后总是忧郁的。"

厨房里的情欲与食欲

○：

我们为什么爱看电视烹饪节目（包括略觉趣味低俗的《美女厨房》）？为什么爱看情欲与食欲交织的电影和小说？○，这样的一张名单太长了，信手拈来，至少有墨西哥女作家艾斯奇维（Laura Esquivel）的《浓情巧克力》（*Like Water For Chocolate*）、德国小说家格拉斯（Günter Grass）的《比目鱼》（*Der Butt*）、阿根廷女导演宝拉·埃尔南德斯（Paula Hernandez）的《美味人生》（*Herencia*）、智利女作家艾兰达（Isabel Allende）的《春膳》（*Aphrodite*）……我此刻在想：这些食色故事何以让我们看得心神不定？

没事，○，《创世记》（*Genesis*）也许早有答案了：

"于是女人（夏娃）见那棵树的果子好作食物，也悦人的眼目，且是可喜爱的，能使人有智慧，就摘下果子来吃了，又给她丈夫，她丈夫也吃了。""他们二人的眼睛就明亮了，才知道自己是赤身露体，便拿无花果树的叶子，为自己编作裙子。"

《浓情巧克力》是一部情欲宝典，教人看得心猿意马，原著如是，改编成电影亦如是。原作者艾斯奇维生于1950年，○，她算是我的同代人呢，她笔下的厨房恍如"饮食男女"的伊甸园，就像她在《内心深处的美味》（*Íntimas Suculencias*）一书所言："厨房是天地万物的聚集地，是现在和过去的交会点；是积极主动（男性社会）和消极被动（女性社会）融合之地，透过爱的仪式，转变成艺术与心灵之真。"

在厨房里，小姨蒂塔（Tita）与姐夫佩德罗（Pedro）的"精神交媾"真是"如水之于巧克力"："佩德罗把眼光拉下来，盯在蒂塔的胸脯上。她停止工作，挺起胸部，让佩德罗看得更清楚些。在成为被审查的对象后，两人的关系就永远改变了。在这次以眼光透过衣物的探索之后，所有的事情都不再相同。蒂塔清楚地知道火炉会改变元素的性质，一块面团可以变成糕饼，同样道理，没被爱欲之火灼过的乳房是没有生命力的，只是一个无用的面团。"没事，〇，那只是一场墨西哥式的情欲春膳。

十二道菜犹如十二轮月事

《浓情巧克力》透过十二道墨西哥菜细说食物的历史，一个家族的传奇，以及离乱男女的爱欲。是这样的，〇，十二道美食都渗混了人生甘苦：一月的圣诞卷饼，二月的莎贝拉结婚蛋糕，三月的玫瑰花瓣炖鹌鹑，四月的辣酱火鸡加杏仁芝麻，五月的北方风味香肠，六月的火柴制作（是真实的火柴，不能吃，可另有故事与象征），七月的牛尾汤，八月的香槟馅饼，九月的巧克力奶和甜圈，十月的奶油蛋饼，十一月的德兹库科式辣椒大红豆，十二月的胡桃酱辣椒。

每月做一道美食，有咸有甜，有浓有淡，有苦有辣，如此说来，〇，十二道菜犹如十二轮月事，交织着季节、记忆与想象的爱恨、离合和悲欢。蒂塔与厨房里的女子的心思就像一首拉丁美洲的交响诗，女子

"无法让母亲相信，蛋糕里唯一奇特的成分便是揉搅过程中不慎洒落的泪水"。是这样的，○，女子摘下玫瑰花瓣时，不慎被刺伤了手指，玫瑰花瓣沾了血，然后融入了美食，她的姊姊吃过后，感到浑身燃烧着一团烈火似的情欲；胡桃酱辣椒把食客的情欲都撩起了，他们都吃得春心荡漾，纵欲狂欢……

已故墨西哥诗人帕斯著有《情欲与食欲》（*Eroticism and Gastrosophy*），光是书名已暗示了两者的关系了。当中有一篇文章，叫作《餐桌与床第》（*At Table and In Bed*），区分了"性欲"（sexuality）与"情欲"（eroticism）。他认为"性欲"是野性的，那是属于生物学范畴的天性，而"情欲"则在社会上发展而成为文化。美国烹调带有清教徒的拘谨，过于简化就不免倾向于排外与种族歧视，"在墨西哥，饮食好比仪式，不仅是共同生活的人的情感交流，也是不同食材的交流"。没事，○，他想说的只是墨西哥的烹饪的本色——既忧郁又激情，浓稠的食物与酱汁混合在一起，色香味大混杂有若催情剂。

最强力的春药就是爱

情欲与食欲共冶一炉倒是拉丁美洲文学的本色，是这样的，〇，智利女作家艾兰达的《春膳》便借用希腊爱神与美神阿芙洛狄忒（Aphrodite）的象征，集情色故事和春药宴飨于一书。她强调"最强力的春药就是爱"，书中食谱如"宫女沙拉"（odalisques' salad）、"寡妇的慰藉"（the widow's consolation）、"浪漫鸡"（romantic chicken）、"见习修女的乳头"（novice's nipples）等都教人心跳，惹人绮思。

艾兰达笔下酱汁如前戏，喝汤如热身阶段，前菜如热吻，主菜如交欢，甜点如幸福的句点。没事，〇，都只是以欲望的修辞学驱动的情色想象。她说"诗人和面包师乃提供世人养分的最佳拍档"，前者诱惑情欲的想象，后者则诱惑食欲的需求。

是这样的，〇，西班牙人认为生蚝是维纳斯诞生的温床（意指阴户）；而蛋是睾丸，俱为催情剂；茄子兼具食与色的意象，据说是古代土耳其后宫必备的春药；欧洲人一直将鱼子酱、马铃薯、番茄和巧克力当作催情之物。没事，○，这只是西方人的食色互喻。在16世纪，突尼斯酋长黎萨维（Sheikh Nefzawi）的"阿拉伯性经"《香园》（*The Perfumed Garden*）有此说法："女人像水果，只有用手去摩擦她时才会散发馨香。"而法国学者居尤（Lucien Guyot）在《香料的历史》（*Les épices*）中告诉我们，古印度女子认定香料是性感美貌的泉源，地中海男子则视香料为壮阳之物，自古罗马时期，罗勒一直被视为催情秘方。

春膳：食与色的马戏

○：

　　据费尔南德斯 - 阿莫斯托在《食物的历史》考据所得，春膳由来已久："在每个社会，都有食物魔术师热衷于春药的研制。这也许能够解释，为什么人们曾经发现，在一个旧石器时代的山洞中，存有大量脱落的硼砂碎屑。"没事，○，春膳其实不仅仅是情欲的媒介，也是父权宰制的具体落实的一套辅助机制。几乎所有父权社会都崇拜生殖力及其象征物，因为生殖力就是生产力，有子嗣后继香灯，始可维系家族的权力。这是春膳的生命力所在，世代相传，历久不衰，形成了不同形态的"阳具政权"。

　　食与色对人体活动机制来说，安抚及驱动作用之大，令人咋舌，三餐一宿，人的一生有逾半时间消磨在睡房与厨房、床笫与餐桌之间，八小时睡眠，早午晚三顿，连同吃喝欲望的时间。是这样的，○，心里想吃什么，到什么地方采购，如何花心思把食材弄得色香味俱全，还有花在厨房的心力和光阴……大概已占用了大半生的时间了。

口腹和生殖器的愉悦不是不重要，但比起脑袋（或心灵）的欲力，可又小巫见大巫。是这样的，○，人的一生花了多少时间去挖空心思，以满足或控制蠢蠢欲动的欲望？花了多少心力，以想入非非来抚慰生活之苦，以及身体与草木同衰的命运？试问还有什么更有效的物质，能像春膳那样，一次解决了两大人生难题？

豆与肉桂：催情与叛乱

毕达哥拉斯学派何以禁吃豆子，历来众说纷纭，有说豆子承载人的灵魂，有说其时用豆子投票，不吃豆意味着远离政治。罗素（Bertrand Russell）则在《西方哲学史》（*History of Western Philosophy*）中指出：

毕达哥拉斯创立的宗教认定吃豆有罪，而"不曾改过自新的人渴望吃豆子，迟早都会造反"。○，如此说来，豆不但催情，还引致叛乱。

古罗马作家普林尼（Gais Pliny the Elder）在《自然史》（*Natural History*）中，记录了大量古代动物和植物，他说肉桂这种香料极珍贵："肉桂就跟欢乐事物以及女人一样，索价都很高。"○，把肉桂和女人的价值相提并论，在今天看来，也许犯了"政治不正确"的大忌，可在两千年前古罗马时代并不值得大惊小怪，因为古罗马人很放纵感官，尤其放纵食欲和情欲，肉桂和女人对他们都有很特殊的价值，大概要比黄金还珍贵呢。

《商书》谈到"巫风"，也有这样的描述："敢有恒舞于宫，酣歌于室，时谓巫风。敢有殉于货色，恒于游畋，时谓淫风。敢有侮圣言，逆忠直，远耆德，比顽童，时谓乱风。"○，那是说，古代南方人以歌舞、祭祀来取悦神灵，放纵感官以迸发激情，以为人之大欲即鬼神之大欲，也是以美食和美色作为"通灵"的中介物。历来学者多有论及楚地巫风乃是以美色媚神，造成楚地的"褒慢淫荒"的民风。周策纵也指出："从帝高阳氏颛顼到殷商，以至于陈、齐、郑、卫，和后来逐渐强大的楚国，巫风盛行是可以想见的。而巫风对男女关系一直就是比较自由放任。"

《九歌·招魂》也有美色招魂的描绘，"魂兮归来"就是召唤灵魂回归身体，不要流落四方。屈原以四方的恐怖世界对照故居、故室的美食、美服、美居和美色，用以招魂，○，那就是说，其时的南方民族相信感官享乐对灵魂有无可抗拒的吸引力。

习惯死亡：威士忌与牡蛎

张贤亮擅写情欲，《男人的一半是女人》写一个憋坏了性机能的男子，同时也患上政治冷感症，那男子其后凝视和亲近了一个成熟的女体，得以重燃生机，政治怒火也因而春风吹又生。没事，○，他的《习惯死亡》对情欲也多所着墨，一对远离祖国的旧情人，在"渔人码头的一家烛火缠绵的餐馆中吃着牡蛎"（生蚝），"啜饮着加了冰块的威士忌"，在吃喝之际燃起欲火：

坐在这里，你们可以相互从对方的脸上看到模糊的思念和炽热的情欲。柔和的烛光中只有她的眼睛和美丽的脸庞……隔着桌子，你都能感觉到她的小腹在急剧地膨胀和收缩……

你们携手离去，在皮座上留下你们灼热的体温。

那张 kingsize 大床和她一样地在等待着你……

你们平静地脱了衣服……你们平静地冲了澡……

你们仿佛是厮守了多年的夫妻，在纵情前的一刻还保持着一定距离地安稳地躺在床上，只是用手指缠绕着手指。你们故意地要将对方的情欲折磨得无以复加。情欲和酒一样，存在的时间愈长愈浓烈……

这对中年男女的激情，真是非常渡边淳一，他们年轻时在劳改场认识，男人爱说"完了"：性爱的完了犹如生命的完了，完了一次就是死了一次，早已"习惯死亡"。没事，○，只是不大能理解，他们历劫之后在异国重逢，为什么还要威士忌与牡蛎充当催情剂？

套菜：白猪肚、乌骨鸡与禾花雀

《杀夫》的作者李昂也写《春膳》，而且剑及履及，直道"女体，一个又一个，众多的女体，方是最有效的'春膳'"，"一个又一个，众多的处女或年轻女体能作为'春膳'滋养着阳物"。没事，○，李昂说那是一本以食物为主的小说，而食物与人性、阶级、权力、政治等很多东西相关联。除了那些露骨的吃喝性爱大餐，她还写了大量的"净肉"，比如女孩淘洗牡蛎（生蚝）：这女孩"将手放入一堆去壳的牡蛎里，淘洗。那牡蛎……一颗颗地聚集，层层堆叠"，"手往下切捞，只要不太大力，不至弄破那肥腴软白的肚，而带重重垂边皱褶的裙身，会纷纷地自指尖指缝滑过。以后她一直有女阴是那重重垂边皱褶的手感，湿、黏腻，还有滑，一褶一褶、一尾一尾地滑落，留下满手黏滑湿腻"。

李昂女士又谈到一道名叫"百鸟朝凤"的春膳。是这样的，○，这春膳是"套菜"，猪肚套着一只乌骨鸡，乌骨鸡的肚中又套着几十只禾花雀："在白色的猪肚、黑色的乌骨鸡、肉色的禾花雀的包藏，在慢火细炙的七个小时中厮摩温存"，完成了"体液交流的春事"，"经过了张开、进入、包覆的仪式，再由淫羊藿、党参、巴戟天、冬虫夏草的催情，经欲火的煅烧……已然完成彼此之间的春事"。

这牡蛎比之张贤亮、渡边淳一的食与性场面更富于情色暗示，而"百鸟朝凤"的"春事"有若道家炼丹，世俗而不避粗糙的黄色想象。如果你以为这样的说法是刻意奚落李昂女士，那倒是天大的误会，○，那就不妨想一想，为什么智利的艾兰达可以露骨地写《春膳》，李昂女士就不可以？

女体盛：欲望的挑逗

还记得日本导演大岛渚惊世骇俗的名片《感官世界》吗？○，只要看过一次就够了：男子和女子迷失于疯狂的情欲之旅，女子将食物醮上激情的体液，然后对男子说：如果你爱我，就切勿介意……情欲和食欲本来如诗一样无邪，不想再看，看不下去，只是因为我们从小就被训练成为"有教养的文明公民"。

据说日本仍有人雅好"女体盛"，即以赤裸的处女之身作为人间美食的盛器：美少女在沐浴洁净之后，躺在餐桌上，以赤裸的胴体盛放寿司、鱼生和各种日式料理，供食客享用。○，这显然是一场"感官的盛宴"，那当然不仅仅是为了满足食欲，对通体感官无疑都极尽挑逗之能事。

没事，○，有人形容"女体盛"是"食与色的马戏"，犹如"锯美人"那样只顾挑逗观众，跟大岛渚的《感官世界》有明显不同的精神层次，然而两者在意识形态上毕竟有相通之处：什么时候开始，我们的感官已麻木至非强烈挑逗不可？

豉油西餐与《造洋饭书》

○：

有一回跟工作伙伴去吃晚饭，不，该是去找晚饭吃：去一家传说中的楼上日本关东料理（toro、海瞻寿司、蛤蜊刺身），去一家隐匿于闹市一角的普宁菜馆（卤水鹅肝鹅肠、冻黄花鱼、花蟹粥），去一家挂满仿制法国版画的越南餐厅（香茅大头虾、蕉叶烤银鳕鱼、熏五香鸭胸）……可是，很不巧呢，都客满了，就像早些时约了北岛和林道群去皇后餐厅，门外早已站满挂了号的人，要等候一个小时以上。

是这样的，○，这城市原来有很多像我们那样的"慕名觅食者"，都想吃一顿传说中的美食。然后有人说，太平馆吧。于是就循例点了周打鱼汤、烧乳鸽、瑞士鸡翅、瑞士汁牛河、咸牛脷，都是很地道的"豉油西餐"，最后来一份"梳乎厘"，几个人于是便吃出了整个晚上的怀旧话题，由一家原址在广州的百年老店，胡扯到消失了的西餐馆：威士文、安乐园、车厘哥夫、积臣、皇上皇、雄鸡、贵夫人、红香槟、绿屋、蓝雀、神灯……

洋食的西风东渐

是这样的，○，从上海来的白俄和俄式西餐（唤作罗宋汤的红色菜汤），早已本地化了的英式西餐（炸鱼柳、牛油烤马铃薯），来自越南的法式西餐，以雪糕、烧春鸡和热狗作招徕、兼售肉丝炒面、干炒牛河、星洲炒米的港式西餐，还有早已不时兴的全餐（八至十二道菜）和常餐（四至六道菜）……○，原来早在十多年二十年前已经成为怀旧的话题，不知被复述过多少遍了。

这教我想起逯耀东的《寒夜客来》，此书谈饮食文化和历史，当中提到《造洋饭书》。○，这"洋饭"就是西餐，据逯耀东说，那是第一本在中国出版的西餐食谱，乃上海美国基督教会出版社于清宣统元年（1909）出版。是这样的，○，此书刊行，是要培训国人弄西餐。

逯耀东是史家，也是食家，此说遂被广泛引用，查实有版本之误——他所依据的，可能是现存广东省中山图书馆的1909年版本。是这样的，○，《造洋饭书》的原名为 *Foreign Cookery*，作者是美国传教士高丕第（T. R. Crawford）的妻子，这位高夫人1852年随丈夫到上海传教，在同治五年（1866）完成此书，交上海美华书馆出版，比逯耀东提到的版本早了43年。

我翻了好一些书，原来西餐在晚清已然成为某阶层的饮食风尚，可见诸《清稗类钞》"西餐"条："国人食西式之饭，曰西餐，一曰大餐，一曰番菜，一曰大菜。席具刀、叉、瓢三事，不设箸。光绪朝，都会商埠已有之。至宣统时，尤为盛行。"○，洋食之西风东渐，其实一如洋服、洋房、洋船，以及一切洋务，渐渐成为国人生活不可分割的一部分了。

是这样的，○，《造洋饭书》附有英文索引，"洋饭"食材大多采译音。这是清末民初的老办法，比如咖啡译为"磕肥"、布丁译为"朴定"，巧克力译为"知古辣"……〇，也有部分意译，比如炸鱼用的面包屑，便译为面包屑，也不知道是否刻意迎合中国国情。高夫人在中国生活了58年，1910年逝世，大概还赶得及看到《造洋饭书》的新版本吧。

这些茶余饭后的怀旧话题，显然并不是狭义的怀旧，〇，也许只是詹姆逊（Frederic Jameson）所说的怀旧装饰（nostalgia-deco），借怀旧以满足言说的欲望，看苏丝黄[①]做入厨骚，不是学做几十年前的中产阶层（家里有女佣）的家常怀旧菜，看弗洛伊德（Floyd）在 Travel & Living 一边讲述地中海的文化生活史，一边示范以当地食材和香料烹调，也不是要上历史课或学做地中海菜，只是为了观赏一场 nostalgia-deco show。

---

① 英国作家理查德·梅森（Richard Mason）1957 年出版的小说《苏丝黄的世界》（The World of Suzie Wong）中的女主人公。小说表现了 20 世纪 50 年代香港的社会面貌。后来小说被拍成了同名电影。

都是"怀当下的旧"

是这样的，○，不一定要吃传说中的楼上日本关东料理、据说做得极有风味的普宁菜、蛮有法国殖民地风情的越南菜，只是借一顿晚饭逃遁急促得几乎不留任何记忆的日常生活，吃一点非熟悉化的东西，以满足演述故事的权力和欲望——在何时何地跟谁吃何种食物，如何吃法，为何要吃，等等。○，原来都只是为了怀一场没有时间性的旧，借用詹姆逊的说法，就是"怀当下的旧"（nostalgia for the present）。

"怀旧"原指思乡病，工业革命以降，社会急剧变动，这种病转而指向对于消失了的事物的莫名眷恋。是这样的，○，那是一种明知不可为而为的思念，渴求回到只存在于记忆深处、而且一直被记忆美化了的从前……"怀当下的旧"的吊诡在于：取消了时间的深度和厚度，只剩下一个当下的表面，没有时间性或没有足够的时间也照样怀旧。

詹姆逊要论说的，本来是有若"时尚调色板"（fashion-plate）、"去个人化视觉奇观"（depersonalized

visual curiosity）的所谓"怀旧电影"，可也极适用于日趋视觉化、情欲化和故事化的城市饮食时尚。○，那是因为，仅仅因为，电影的怀旧和饮食的怀旧俱暗示了"去旧"，俱为丧失了历史感（losing historicity）的后现代世界的产物。○，原来我们活得太匆忙了，事物复制得太快了，新不了两天，不，才新不了两小时，才不过是看一场电影或吃一顿晚饭的时间，便因过度

消耗、过度演述而陈旧起来了，遂有误认"当下"作
"旧日"的错觉，或幻觉。

下一顿晚饭演述的权力和欲望

是这样的，○，"怀当下的旧"渐渐被确认为一
种消费行为模式，反映于饮食时尚，大概就是在王家
卫《阿飞正传》出现过的皇后餐厅，以及《花样年华》
出现过的金雀餐厅，顾客主要不是上了年纪的老香
港，而是慕名朝圣的年轻人。另一个例子是以"香港
终于有手信"为广告标语的奇华饼家。当然，"末代港
督"彭定康在何处吃过蛋挞，容祖儿和 Twins 到过哪
一间位于街市楼上的大排档吃金山勾翅，哪一位达官
贵人的前任家厨开设私房菜馆，照例都成为当下的怀
旧话题。

阿巴杜雷（Arjun Appadurai）承接了詹姆逊的论
述，发现"怀当下的旧"是现代时尚广告的惯用手
法，此一策略将消费者置诸历史化的当下，将消费者
赶上即将成为过去的潮流列车，他称之为"政治怀旧"
（nostalgia of politics）。○，那是一种原产于美国的

"电子艺术"，早已席卷全球，再经由第三世界大规模"本土化复制"。几乎无处不在的"电子殖民"，不仅持续诱惑"电子艺术"的全球子民确认了西方"民族想象共同体"，更催生了不断在全球流动的文化霸权。

那么，〇，在皇后餐厅喝一瓶可口可乐，到楼上日本关东料理吃昂贵的 toro 或蛤蜊刺身，乃至边吃豉油西餐边缅怀消失了的西餐文化，在"政治怀旧"的框架里究竟藏匿着何种文化隐喻？"怀当下的旧"在香港意味着何种文化幻觉？可不可能成为下一顿晚饭的演述权力和欲望？

卷

三

饱食的城市为何饥饿？

○：

　　有一回在电视上看到比尔·格兰加（Bill Granger）
的 *Bill's Holiday*，他在澳大利亚北部的达尔文港钓鱼，
参观牧场和农场，那里宁静而闲逸，人与万物都生活
得很缓慢，一天过得很悠长，也许比大城市的一星期
还要悠长呢。所有食物都是在富饶的土地上生长的，
看他优哉游哉地到处闲逛，跟遇上的人闲聊，累了，
饿了，用最新鲜的羊肉、鲜鱼和蔬果弄一顿午餐或晚
餐，做香草烤羊架、杂菜鱼汤、鲔鱼沙拉……○，那
真是一个世外桃源呢，但下一刻便想：这样的生活会
不会太沉闷？

快餐帝国：膳食的阴暗面

是这样的，○，我们都活在喧嚣的城市，对电视画面上的悠闲世界难免心向往焉，可是下一刻电话响了，都在催促这样那样的事务，便只好暂时忘掉一闪而过的梦想，继续 fast forward 的生活：开这样那样的会，跟账单、工作报告、说明书和文件打交道，匆匆赶车，赶路，累了，饿了，便吃一份这样那样的快餐……○，悠闲在什么时候会变成沉闷的同义词？匆忙而急促的生活难道就不沉闷吗？

累了，饿了，便吃一份这样那样的快餐，○，这里所说的"快餐"，不仅仅是指快餐店的食物，而是指向一个永远 fast forward 的城市的食物供应系统，或者像艾里克·舒卢沙（Eric Schlosser）在《快餐帝国》（*Fast Food Nation*）所说的"膳食的阴暗面"。此书后来被改编成电影，所揭露的快餐黑幕教人吃惊。比如说：汉堡包用什么作肉馅？原来那些肉是由已经筋疲力尽、再不能生产牛奶的母牛的肉做成的，牛被困在堆满牛粪的饲料池旁。

○，汉堡肉来自奄奄一息的病牛，那真是教人倒尽胃口了。

《快餐帝国》揭示了许多令人困惑的真相，包括快餐帝国与电影帝国之间的勾结，还详尽分析食物加工生产与流行文化、房地产的微妙关系。○，那是说，"食物与城市"真是一个错综复杂的课题。英国女学者卡罗琳·斯蒂尔（Carolyn Steel）也很关注这个课题，她在《饥饿的城市》（*Hungry City*，内地译为《食物愈多愈饥饿》）这本书告诉我们，食物如何为城市（及城市人的生活）塑造形状。伦敦一如全球的其他城市，一直需要进口大量的食物，一个大城市需要比它自身大一百倍的牧场和农地来供养。○，此书提醒我们，马铃薯和卷心菜，橙和柠檬，沙丁鱼和熏鲱鱼，猪肉、牛肉和鸡肉，都要走过几千里路，经过机场、码头、火车站仓库和加工厂，才运送到城市人厨房里的冰箱，过程和规模庞大而繁复。然而大部分人都只知道食物来自超市的冷藏库，而不知道这个喂养城市的历程所包含的血泪史。

杂食者的两难

食物塑造了我们的私人生活和公共生活,《饥饿的城市》从一顿圣诞晚餐和布罗格代尔农场的英国苹果节说起,诉说食物如何铸造社会与文明,又如何令饱食的城市持续饥饿——对新鲜食物的饥饿,对精神文明的饥饿。是这样的,〇,超市无疑是城市生活不可或缺的组成部分,但问题是:超市的运作模式该是由谁决定?

超市也许适合于我们疯狂而繁忙的生活方式。但我们真的希望由看不见的手来决定我们的生活吗?城市需要复杂的食物供应系统来养活,需要大规模生产而相对便宜(真的是便宜吗)的食物解决最基本的生理需求,但我们总是渴求另一种食物,犹如我们总是渴求另一种生活。〇,那就像迈克尔·波伦(Michael Pollan)所论述的《杂食者的两难》(*The Omnivore's Dilemma*)。

迈克尔·波伦提醒我们,营养学改变了城市人的生活,可是营养信息太混乱,而且总是自相矛盾的。

他认为营养学家犯了一些严重的错误，比如说，动物脂肪对人体很危险，应该用人工食品代替，但最后却发现人工食品是非常危险的。他提出这样的忠告："要吃，但不要太多，最好多吃植物。"是这样的，○，"食物"一词，在他看来，是用可以辨认的成分做成的真正食品，不是在当地的超级市场上出售的那些怪异的、高科技的"类似食品"的东西。他也指出，我们的祖母一代远比我们了解如何吃得好，因为她们的脑袋比较淳朴，还没有被自相矛盾、蓄意误导的广告弄得六神无主，她们采用大致相同的方法喂养她们的家人。○，卡罗琳·斯蒂尔也有类似的说法，她对童年时代的厨房毕生难忘。

只会吃饭，忘掉做饭

《饥饿的城市》提醒我们，家禽的骨头和因充血而肿胀的肝脏都是早熟的结果，生活对这些家禽很无情，而死亡对它们更残酷。讽刺的是，英国的保护动物法律很严苛，早前电视新闻说，开宠物店的老太太卖了一条金鱼给一个十四岁的少年（警方安排少年放蛇），老太太因而被判罚款和入狱。是这样的，〇，法律其实也很矛盾，作为宠物的动物受到过犹不及的保护，那么，为什么对作为食物的动物所遭受的虐待视而不见？

是这样的，〇，城市生活的本质大概也是很矛盾的，什么时候开始，我们渐渐淡忘甚或完全忘掉做饭和吃饭之间的关系？渐渐不再在乎世代相传的饮食文化？什么时候开始，城市的人忙碌得没时间做饭，渐渐就忘掉了如何做饭，渐渐完全适应了只吃饭不做饭。〇，想想吧，也不过是二三十年来的事罢了，我们有一天忽然彻底忘记了每天做两顿或三顿饭的从前岁月，然后就彻底忘记了前半生简朴的生活方式……有一天，我们会否一觉醒来，对自己的前半生彻底失忆？

是这样的，〇，城市生活将我们彻底改变了。什么时候开始，这种只吃饭不做饭的文化已经逐渐被成本和方便程度为主调的全球化饮食风尚所替代，即使做饭，也习惯了将超市或厨房冰箱里的食物当作新鲜食材？烹调艺术早已变成流行的电视节目，书店里琳琅满目的怀旧食经究竟是印给谁看的？城市人爱看烹调的图像却没法做出一顿祖母时代的晚饭，这到底意味着什么？

是这样的，○，全球食物的"黄金时代"已一步一步地走向尽头，保罗·罗伯茨（Paul Roberts）在《粮食末日》（*The End of Food*）这本书中一方面怀念那个短暂而又近乎神奇的时期，另一方面又慨叹那个时代一去不复返了："我们让别人替我们完成制作食品的工作，让一种离我们十分遥远的经济模式，逐渐控制我们吃些什么样的东西，控制我们对这些东西的看法，我们的这些做法导致了食品（质量的）下滑，同时我们的生活也失去了很多重要的东西。"○，食物一直是这样的一条脐带：它将人类的物理王国和自然王国、生理需要和精神文明联系在一起，可是我们一直让自己远离食物的本源，我们活在不断重复的"快餐帝国"，对食物的质素愈来愈不在意了。

第三条路：巴塞罗那的例子

我们活在一个不断被污染和破坏、以至日渐衰竭的世界，土壤侵蚀和硝酸盐流失的结果是什么呢？
对了，那无疑是"粮食末日"的征兆之一。是这样
的，○，这是一种缓慢的分离——消费与生产之间的
分离——早已经超出我们所能了解的范围，甚至可以
说，永远 fast forward 的城市让我们活得近乎无知。也
许，当我们从这样那样的书本里得知愈多，我们便愈
觉未来的日子是灰暗的，难道就只有继续被大量生产
的"类食物"改造成无知的人吗？

　　食物供应对城市来说无疑是两难，但不是束手无策。
是这样的，○，《饥饿的城市》提醒我们，在两难以外，
还有第三条路可供选择，巴塞罗那就是一个很好的例子：
"这个加泰罗尼亚的首府证明，城市无须用民间文化或旧
式风格来支撑真正的社区生活。巴塞罗那在这方面做得
很好，这个城市具有一个尽可能理性的网格化的街区结
构。强硬的政府立法阻止超市在西班牙获得立足点。虽
然西班牙有许多超市，但法律禁止它们出售新鲜食品，
因而它们不能和这个城市的食品市集竞争。"超市也不一
定是罪恶的，○，如果传统的市集得到适当保护，就不
会被超市无情地吞噬。

城市扩张与食物长征

○：

那天做了三道菜，都是从电视美食节目学来的食谱：第一道是去骨鸡翅酿火腿杂果，第二道是洋葱蚝油炒牛肉配烤菠萝，第三道是香煎鱼尾豆腐汤浸丝瓜。做好了，便一边吃饭一边看《澳大利亚》（*Australia*）的影碟。○，当看到妮可·基德曼（Nicole Kidman）和休·杰克曼（Hugh Jackman）一干人等为军队运送牛肉——他们从人烟罕至的"遥远牧场"（Faraway Downs）策马赶牛（是三千多头活牛呢），穿越荒漠到达尔文港——便觉得这史诗式的场面真是非常讽刺的大震撼。是这样的，○，想深一层，便发觉我们餐桌上的三道菜，原来也经历了数千里长征。

三道菜的来源地

我们的食材都是从超市选购的，它们都经历了数千里长征。是这样的，〇，鸡翅来自巴西，火腿来自加拿大，牛肉来自澳大利亚，菠萝来自美国，鱼尾、洋葱、丝瓜来自内地，杂果来自泰国、台湾地区和新西兰……对了，《饥饿的城市》的作者卡罗琳·斯蒂尔告诉我们：食品工业是一个高度机密的商业活动，过程是完全看不见的，我们不是不知道食物的来源地，只是老弄不清楚，它们是怎样运送到我们的城市的——那当然不仅仅是从超市运送到我们的餐桌那么简单。

《饥饿的城市》提醒我们，在还没有铁路的时代，食物运输往往比耕种要艰难得多，《澳大利亚》的策马赶牛场面似乎还不是最难的，牛群还可以自行跑到市场，跑到码头。卡罗琳·斯蒂尔告诉我们，在古代，牲畜是这样养活城市的："供给古罗马的绵羊在远离阿普利亚五百英里远的地方吃草；供给中世纪的德国和意大利北部城市的牛，来自像波兰、匈牙利和巴尔干半岛一样远的地方，它们集结成达到两万头的兽群，向西迁徙。整个欧洲都是这样的景观，到处都是牲畜贩子，连同那些由技术熟练的（高薪的）人驱赶的羊、鹅和牛走出来的纵横交错的道路——这些路与人行道完全分离。"原来是这样的，○，餐桌上的肉食都经历了史诗式的长征。

经历了长达三个星期的越野长征之后，牲畜大概要瘦掉几十磅，是这样的，○，可以想象它们被运送到屠宰房之前，必须再次养肥。《饥饿的城市》提醒我们："在城郊，养肥牲畜是一个专门的职业。啤酒厂也因此有了一个很不错的副业：用废弃的谷物来喂养这些牲口。"这还不止，○，原来还是不让牲畜的肉质在长征过程中变坏，屠宰房要设在靠近市场的地方，"这就意味着要赶着它们从城市中间穿过，这在道路繁忙的时候会导致混乱，偶尔会导致路人被牲畜踩踏"。为了养活城市，屠宰业不免是残酷的："死亡的光线、声响与味道是前工业城市生活中最令人厌恶的东西。"

《孤立国》：食物乌托邦

自给自足的城市也许只是一个食物乌托邦，○，德国地理学家约翰·杜能（Johann H. Thünen）便曾虚构这样的一个《孤立国》（*The Isolated State*）：它由一个"很大的城镇"组成，城市周边的农业区形成一连串的同心环。最内一环地价和租金最昂贵，当然由利润最丰厚的菜园和牛奶场组成，外环的灌木林提供木材作燃料；再外一环是耕地，用作种植供给城市的粮食；最外一环是牧场，为城市供应肉食。○，但那只是大航海时代、殖民时代、资本主义时代之前的梦想。

殖民时代以降，食物总是在土地和人力廉价的"新世界"大规模生产，食物由农业变成工业，再变成商业，那是资本主义世界的必然发展。食物产业以"低成本，高产量"为大前提，于是就像服装、化妆品及其他消费品那样，出现了只求利润、不断增值、非人化倾销手段。○，幸或不幸，我们今天活在这样的一个时代，陷入了一个保罗·罗伯茨在《粮食末日》

所描述的怪圈："他们生产的食品愈多，就必须继续生产愈来愈多的食品。"是这样的，○，这个时代的食物最大的成本，是一条不停输入与输出的生产线，加工食品最大的成本，是制造垄断市场的连锁超市，大规模产量和市场占有率于是将食品企业养肥，变成一头无法停下来的畸形巨兽。

　　是这样的，○，这是一个食物的悲惨时代，全球有十亿人痴肥，十亿人饥饿。生物科技进步了，全球谷物产量是五十年前的三倍以上，然而，当农业变成现代化的工业乃至商业，问题便出现了。罪魁祸首无疑就是"低成本，高产量"的思维，食物生产线一体化，输入了种子、肥料和农药，便能按生产程式输出无穷无尽的食物。可是，食物加工为了有利于运输和贮存，会添加防腐剂，为了节省成本，为了更好的"卖相"，便加入大量化学添加剂，以及低成本的化学物质，这些都是"有毒食品"的主要根源。○，这还不止，机械化的生产力大幅提高了，却带来劳动力过剩，导致农民被严重剥削。

"异形"或"马尔萨斯怪物"

是这样的，〇，供养城市的食物是一门全球化的大生意，它已经变成一头"异形"，或一头"马尔萨斯怪物"了。马尔萨斯（Thomas Robert Malthus）是《人口论》（*Essay on the Principle of Population*）的作者，他在书中指出：人类历史是一场人口与粮食的竞赛，人口以几何级数增加，粮食只能以算术级数增加。据估计，全球人口每十二年增加10亿，2050年全球总人口可能高达100亿，那么，食品供应无疑是一头"马尔萨斯怪物"了，它像雪莱夫人（Mary Shelly）的科幻小说里的"科学怪人"（Frankenstein），这位医科生创制了一头怪物，最终为怪物所杀。

这头"马尔萨斯怪物"大概是资本主义城市无穷扩张的畸形产物。〇，我们活在一个挤塞着七百万人的城市，从超市购买来自巴西的鸡翅，来自加拿大的火腿，来自澳大利亚的牛肉，来自美国的菠萝，来自内地的鱼尾、洋葱、丝瓜，来自泰国、台湾地区和新西兰的杂果，做了三道菜，在餐桌前一边吃饭一边看

《澳大利亚》的影碟，渐渐便觉得自己也像一头"马尔萨斯怪物"了。

这头"马尔萨斯怪物"无疑是资本主义城市无穷扩张的畸形产物。是这样的，○，《饥饿的城市》告诉我们，在前工业世界中，只有少数城市的人口能超过100万。"在瘟疫使人口重新降到大约50万之前，即使是15世纪强大的博洛尼亚在其鼎盛时期也只有72万人"，"14世纪的佛罗伦萨拥有90万人口，它已经不得不从西西里岛进口大量的粮食"。这样说来，人口数百万乃至逾千万的超级都市真是一头永远吃不饱的"异形"。幸或不幸，○，当我们在餐桌前一边吃饭一边看《澳大利亚》影碟，渐渐就感觉到作为"异形"一分子的悲哀了。

城市如何发展，我们便如何吃

杰弗里·高迪（Jeffrey W. Cody）与玛莉·戴（Mary C. Day）说，香港是一个教人赞叹的、有如餐厅的城市（the city as dining room: big-sign dining in Hong Kong）。○，作为"异形"的一分子，我倒认为

这其实并不值得骄傲，反而想起创意策划人约翰·查卡拉（John Thackara）在《泡沫经济：复杂世界里的设计》（*In the Bubble: Designing in a Complex World*）一书中有此说法，环境与食物危机有极为相似之处："看来没有人会刻意设计一个无穷扩张的城市，可它就那么发生了——或者说，出现了……"

〇，作为"异形"的一分子，也许不应忘记约翰·查卡拉曾告诫我们："仔细想想，城市扩张并非空穴来风，它的发展也并不是不可避免的。这种扩张是立法者所设计的城市规划的结果，是开发商所设计的低密度楼宇的结果，是广告公司所设计的营销策略的结果，是经济学家所设计的赋税减免的结果，是银行所设计的信贷运作的结果……"对了，〇，我们如何吃，正是我们的城市如何发展的结果。

Cooking Mama 与食物殖民志

○：

　　愈来愈喜欢看 NOW 香港台的 *Cooking Mama* 了，在这个由母亲们轮流做主角的烹调节目里，摆设（或不必刻意摆设）的都是家具，做的都是家常菜，一起吃饭的都是家人。咦，那不是很普通吗？是这样的，○，的确是很普通，可我们活在一个不断地 fast forward 的城市里，这样普通的一顿饭（及其煮食过程与细节）倒变得亲切起来了。那是说，即使是最普通的梅菜剁肉饼、咖喱薯仔炆鸡翅、清炒杂菜、煎酿鲮鱼、红烧腩肉，煎藕饼……都正好彰显了家庭主妇的心思，都包含了寻常厨房里的小创意，或从经年实践里累积下来的小智慧。

异邦食物与文化乡愁

像 *Cooking Mama* 那样的电视烹饪节目之所以教人看得抒怀，我想，大概是由于它的普通与寻常，刚好让观众在记忆中寻回食物与烹调的"本真"。是这样的，○，看着那些来自不同地区和阶层的 mama 们在大街小巷的市集（而不是在超市）选购食材，然后在她们毫不华丽的厨房（而不是比一般家庭全屋面积还要大的、以名牌厨具堆砌而成的煮食"示范单位"）里用心去做大菜小菜，很奇怪，○，那些亲切的烹调和吃喝的片段，为什么会在普通与寻常里显得不一般（至少不是标准化的一般）？

是这样的，○，那是一份对煮食简简单单的"本真"，在食物愈多愈饥饿的现代城市里似乎比什么都更可亲，那就足以教我们相信，我们对食物并不是没有选择，问题只是我们究竟选择了什么。○，现代城市的食品经济早已彻底改变了我们的饮食习惯，也节省了不少准备食材和烹调的时间——超市里有大量腌制好的肉类，速冻的半成品食物，方便的肉肠、腌肉、面点，乃至不计其数的速食产品。但这种食品产业也颠覆了社会结构，以及许多珍贵的东西——家庭关系、文化特征，乃至不同国家和民族的多样性。

在马六甲吃惬意的娘惹菜，在曼谷外沿小镇吃鲜美的农家菜，在奥兰多或新奥尔良吃美味的克里奥尔（Creole）菜，在马尼拉吃混杂了西班牙与中国风味的煎鸡，都有一份难忘的奇妙记忆。○，那不光光是吃了什么，而是食物让我们想象什么。我想起尼沙·费尔南多（Nisha Fernando）的一篇谈吃文章，叫作《味道、声音与气味：在唐人街与小意大利的街道》（*Taste, Sound and Smell: On the Street in Chinatown and Little Italy*），他告诉我们，异国的吃喝不完全是舌头尝到的滋味，更重要的，是食物的味道、声音和气味常常寄寓了某种文化乡愁。

是这样的，○，在纽约这个强调多元文化融合的大都会，来自异域的食物正好用不同的味道、声音、气味乃至色彩述说不同国家和民族的多样性。○，这些并不抽象的感觉和记忆都跟城市的烹调和饮食有着密切关系，提供了不同的选择，让我们透过一顿饭品

尝不同的文化。可是社会变了，世界变了，城市人在
超市购买现成的冷藏食品日渐频密了，大概只有在旅
途上才可以尝试异邦的文化滋味了，一家人在餐桌前
吃一顿饭的日子也逐渐稀疏了。

当谈论食物时使用战争隐喻

据说 *Cooking Mama* 的创意源自任天堂的同名电
子游戏，在日本、欧洲和北美有不同的版本。○，试

做一个短暂的电子或虚拟的煮食妈妈，也许就是城市人无可奈何地排解吃喝乡愁的办法吧。我们不是没有选择，但 fast forward 的城市不容我们有太多自由的选择。是这样的，○，据统计，在美国，一家人每星期在一起吃饭不足五次，那些收入不断增加而自由时间却愈来愈少的地区都有类似情况——在沙特阿拉伯、墨西哥、巴西，甚至连法国、意大利这些传统饮食文化堡垒，也有近四分之一的膳食以外卖解决。○，这就是城市生活，我们的城市大概也毫不例外。

这种饮食生活太沉闷了，有愈来愈多的城市文化人要求不同的食物革命，发动不同的"食物隐性战争"。○，卡罗琳·斯蒂尔只是其中一位，此所以她在《饥饿的城市》引述了德里克·库珀（Derek Cooper）的警句："那些在谈论食物时使用战争作为隐喻的人，对食物的认识往往比他们承认的更准确。"

现代食品体系不是没有好处，即使存在着食品过剩、食品文化混乱，甚至是食品安全性降低等问题，还是有不少人认为那是可以接受的。○，谁都知道生活磨人，但总不能说自己早已甘之如饴。保罗·罗伯茨在《粮食末日》一书中说得好:"并不是想让城市人还原为食物的生产者,只是觉得如果一个生产者都没有,一个厨师都没有……那么,肯定是这个社会出了问题。"

《饥饿的城市》告诉我们,谁的城市曾有过这样的生活:"一个像现代意大利酒吧一样神秘的古代酒馆,你无法克制自己走进去喝一杯。在城市的中心,店铺林立的广场曾经是城市的商业中心。广场上的商业徽章——船舶、海豚、鱼类以及灯塔仍旧可以在马赛克式的人行道上见到,而关于这个城市的胃口规模最壮观的纪念物是它的港口……"○,我们的城市也许曾经有过这样的黄金岁月,但我们知道食物的运输早已不再只是一次从田野到餐桌的短途旅行。《饥饿的城市》说得很对:"这样的时代当然不存在,尽管前工业世界的小城市能够就地养活自己,但从一开始,'食物里程'的特色就在于供养更大一点的城市……这些城市变得愈大,它们就愈难养活自己,同时海洋大国却兴旺起来。"○,我以为卡罗琳·斯蒂尔欲言又止地诉说的,倒是一段食物的殖民志。

资本主义时代的故事

资本主义令食物变形，渐渐由农业化而工业化，由工业化而商业化，由商业化而商品期货化，○，我们大概已经没法还原了。我想起台湾学者林清强的一篇文章，题为《从米勒与季芬看世界粮荒》，米勒是指法国画家 Millet Jean Francois，季芬是指英国财经编辑 Robert Giffen，至于世界粮荒，是指米勒名画《晚祷》（*The Angelus*）所呈现的情状：马铃薯歉收期的日暮时分，一对农人夫妻在广漠的土地中挖出马铃薯，教堂钟楼响起钟声，农夫脱帽低头祈祷，农妇也双掌合十……这是在经济艰难时期的感恩。○，这画面隐藏了资本主义时代的故事。

马铃薯本来是廉价粮食，对农民夫妇来说，却是上天的恩赐。《晚祷》创作于 1858 年，象征一个物质匮乏的年代。○，就在此时，财经编辑季芬倒发现了一个反常现象：马铃薯价格大幅上涨，然而马铃薯需求量却不减反增——原来是由于低收入者买不起昂贵的肉食，只好购买马铃薯来充饥，因而导致马铃薯的需求量上升，价格亦随之急涨。林清强说：米勒与季芬所看到的却是一个共同的问题，那就是底层人民的生活困境。○，现代城市人何尝没有类似的困境？

到了今天，保罗·罗伯茨在《粮食末日》揭示了食物殖民时代的粮食供需体系正面临大崩坏：由于密集精耕农业造成土质恶化和水土流失，每年损失数百万亩农地；杀虫剂和合成氮肥售价腾贵；不少地区水资源急速枯竭；工业化农业还有个臭不可闻的贻害，资本主义时代的消费者大量吃芝士和肉类，光是加州饲养的牛，每年就排泄2700万吨粪便，造成北加州有许多巨大的粪池……是这样的，○，我们对食物其实并不是没有选择，只是资本主义的贪婪不停地限制了城市人的选择。

食物脐带里的病毒与恐慌

〇：

什么时候开始，我们渐渐淡忘甚或完全忘掉了"做饭"和"吃饭"之间的关系？渐渐不再在乎世代相传的饮食文化？什么时候开始，现代城市人忙碌得没时间做饭，渐渐就忘掉了如何做饭、为何做饭？渐渐完全适应了、习惯了只吃饭不做饭？想想吧，〇，也不过是二三十年来的事罢了，我们有一天忽然彻底忘记了每天做两顿或三顿饭的从前岁月，然后就彻底忘记了前半生简朴的生活方式……

全球食物的"黄金时代"已一步一步地走向尽头，〇，正如保罗·罗伯茨所言，"那是一个短暂而又近乎神奇的时期，我们吃的东西更丰富、更安全、更有营养，一年更比一年好，那个时代一去不复返了"。是的，○，我们原来活在一个这样的时代："让别人替我们完成制作食品的工作，让一种离我们十分遥远的经济模式，逐渐控制我们吃些什么样的东西，控制我们对这些东西的看法，我们的这些做法导致了食品（质量的）下滑，同时我们的生活也失去了很多重要的东西。"几千年来，食物一直是一条脐带，将人类的物理王国和自然王国联系在一起，○，可是我们一直让自己远离食物的本源，对食物愈来愈不在意了。

我们活在一个不断被污染和破坏、以至日渐衰竭的世界，土壤侵蚀和硝酸盐流失的结果是什么呢？对了，○，那无疑是"粮食末日"的征兆之一。愈来愈多的森林被砍伐，被焚毁，变成了禽畜养殖场和食品加工厂，传媒不断揭发一些国家经常发生的、数目惊人的污染食品，我们总是感到惊讶和不安，但我们对于这些事实背后最基本的缘由，以及后果，却了解得十分片面。○，原来这是一种缓慢的分离——消费与生产之间的分离——早已经超出我们所能了解的范围，甚至可以说，我们是近乎无知的。也许，当我们所知愈多，我们便愈觉未来的日子是灰暗的，难道就只有坐以待毙吗？

猪流感与全球化

此时此刻，猪流感病毒（Swine in fluenzavirus，简称 SIV）正在以惊人的速度向全球扩散，○，我们都像一般市民那样不知道猪流感是什么，殊不知它其实并不是新生事物。○，原来早在1918年西班牙大流感爆发时，它就出现过了，它是猪群中一种可引起地方性流感的黏液病毒（orthomyxoviruses）。目前在实验室分析出来的病毒，大多被辨识为 C 型流感病毒，或 A 型流感病毒的变种之一。

其实猪流感还不算可怕，可怕的是它的变种，以及全球化的人群流动，一旦全面爆发，所造成的经济损失是无比巨大的。是这样的，○，猪流感爆发后之所以难以控制，是全球化"城市扩张"的必然结果。正如约翰·查卡拉在《泡沫经济》中写道，

"城市扩张"并非空穴来风，其发展也并不是不可避免的，从设计和策划的角度看，这种扩张"是由汉堡连锁所设计的资料获取软体的结果，也是汽车设计者所设计的机动车辆的结果"。所有这些体系到底意味着什么呢？

那是与人类行为相关的互动，是全球化框架中的国际（亦即人际）网络。○，表面上好像是复杂而又难以理解的，但可以肯定，这些策略并非是偶然的结果。对了，约翰·查卡拉认为，所谓"失去控制"，只是一种意识，而不是一种现实。对了，○，猪之所以成为流感中介，是由于它们的气管上皮细胞同时具有哺乳类动物和禽类动物来源的流感病毒接收器，它们在哺乳类动物（包括人类）与禽类的流感病毒之间，是一个混合容量（mixing vessel），极有可能加快了病毒的基因重组（genetic reassortment）。

从扩张到扩散

是这样的，○，在踏入新千禧年之前，全球化经济及其泡沫便已经存在了，但二十多年间的变化主要在于一个关键问题：二十多年前，粮食安全主要是食物是否充足的问题，不必问人们所吃的东西从哪儿来，但如今情况大不一样了。保罗·罗伯茨在《粮食末日》指出，社区生产的粮食至少能满足当地三分之一的食品需求量，只要食物紧张状况能够得到缓解，基本上便可以有效地改变"本土食品的概念"，这不仅涉及成熟的农业市场，还要研究如何养活全球各大城市的大量人口，那么更复杂的问题便纷纷涌现了。

　　流感病毒专家很早就提出警告：猪作为人类与禽类流感病毒的中介（及混合器），是对全人类极大的威胁。故此，很多研究都不断尝试去开发对于猪流行性感冒病毒更快速的检测及分型方法，同时也希望探讨病毒分布与肺脏病灶之间的相关性。然而，农村一方面大力发展牲畜饲养业，另一方面又腾出大量人力，让人力投入城市的各行各业。是这样的，○，肉食不仅仅为了供应社区所需，更要全速扩张成为跨地、跨国的大生意，这种由农业而工业、再而商业的扩张主义全速运行，便逐渐形成了今时今日没法稍稍放缓步伐的人群流动结构，亦即致命病毒以惊人的速度大肆扩散的主要原因。

是这样的，〇，必须了解食品体系发生了怎样的变化，才可以了解人类社会发生了怎样的变化，这些变化并非突发的，也并非不可避免的。食品体系的破坏力，必然是由市场驱动和决定的。是这样的，〇，全球化的食品体系面临一个这样的悖论：它现有的障碍和挑战，显然并不是要增加粮食供应，而是要缩减粮食需求，特别是对肉类的需求。

保罗·罗伯茨在《粮食末日》一书中指出："对于产量极高的多种经营农场来说，不管是水产养殖业的大规模拓展，还是可获颁诺贝尔奖的转基因谷物的重大新发现，不管我们在可持续发展的蛋白质生产中取得多大的成就，都不足以满足未来的肉类需求，除非目前的肉类消费趋势实现逆转，全球人均食肉量必须下降才行。"〇，城市人都变成了"食肉兽"，可是都不知道，肉食的供求原来是危机重重的。

舆论和科学界似乎已广泛认同必须减少吃肉，但这种观点曾为传统的政治和文化主流所不齿，在北美和欧洲地区尤其如此，个人意愿乃至企业决策近乎一致地鼓吹大量的肉类消费。〇，此时此刻，粮价高企可能减轻了世人对肉食的需求，肉食持续引爆各种疾病——不管是大肠杆菌和沙门氏菌等病菌，还是受污染的进口肉食，都令包括我们在内的食肉者深感不安。

〇，早些时有一个名叫"禽流感投资者"（Avian Flu Investor）的博客指出，禽流感在美国领土上的全面爆发，将会令很多肉食者望而生畏，他们势必变成了素食主义者。然而，对健忘的城市人来说，恐惧只是暂时的。〇，还记得 Jack in the Box 的"牛肉风波"吗？ 美国人和全球快餐食客还不是在记忆犹新之际便据案大嚼劣质牛肉吗？包括我们在内的城市食肉兽只需要权威人士在电视新闻中做出具有说服力的公开声明，确切地说明肉食比我们身处的城市（即使恐怖袭击的传闻经常引起恐慌）还要安全，并且保证必定得到稳定的供应。〇，几乎可以肯定，一切恐慌总会在短期内消失，城市人很快便会肉照吃，再没有多少人去想自己每天吃的，到底是什么"结果"。

十亿肥·十亿饿

○：

《经济学人》在2007年12月以《廉价食物的末日》（*The End of Cheap Food*）作为封面大标题，画面是一片被咬掉一角的面包，真是言简意赅。○，你说春节回乡时也惊觉猪肉价格比去年涨了超过两成，连带鸡肉、蔬菜的价格也大幅上涨了。对了，全球粮食价格暴涨引致粮食市场供求失衡，这世界已经再没有廉价粮食了。○，你问得好，穷人还可以吃什么？

在这一轮全球粮食恐慌中，穷人必然是大输家，那么，○，究竟谁是大赢家？美国大量出口粮食，无疑是这场粮食灾劫里最大的受惠者。据统计，2007年的美国农业纯利达到870亿美元，比十年前大幅上涨了50%——尽管美元在这十年内不断贬值。谁都知道,粮价暴涨的元凶,其中一个原因就是农产品的商品化炒作。美国资深传媒人保罗·罗伯茨继2005年出版的《石油末日》(*The End of Oil*)之后,又出版了《粮食末日》,宣称人类"走到了粮食供应黄金时代的尽头"。是这样的,○,他预言到2070年,粮食供求如果持续失衡,能否喂饱现时的全球65亿人已是极大疑问,又如何能喂饱六十年后的95亿全球人口?

是这样的,○,保罗·罗伯茨发现,大规模、高效率的工业化食物生产机制,理论上可提供史上最廉价的食物,但农业生产变成食品工业,食品工业变成奇货可居的商业(以及商品炒卖),却出现了一个非常现象:食物生产及营销的运作过度强调降低成本及增加产量,结果导致全球有超过十亿人口过于肥胖,同时有超过十亿人口陷于饥荒,那是比贫富悬殊本身更深刻的讽刺。○,你问得好,粮食供求为什么会出现不断升级的矛盾?

为什么食品增加，还有人会饥饿？

保罗·罗伯茨在《粮食末日》中提出了这样一个问题：为什么食品增加，还有人会饥饿？答案很简单，那是因为地球生态严重失衡。生物科技无疑是进步了，时至今日，全球谷物产量是五十年前的三倍以上，但在"二战"后全球人口急剧膨胀，资源日趋短缺，城市化导致生态极度恶化，自然界的生物链遭受严重破坏，不断出现异变……因而导致廉价粮食的黄金时代濒临终结了。〇，十亿人痴肥，十亿人挨饿，无疑就是现阶段地球人的最深刻的写照。

是这样的，〇，廉价粮食需要廉价资源供应，粮食生产和供应需要机器与运输，那就需要大量的燃油，而一千吨水只能生产出一吨谷物，这世界再无廉价的资源了，燃油和水都日趋短缺，廉价粮食无疑是一个梦想。以美国这个富裕国家为例，超过三成人口因吃了大量高脂肪食物而变得痴肥，引致另一个问题：航空公司每年要额外花费近300亿美元的燃料去载痴肥的乘客。与此同时，全球变暖造成时涝时旱，农作物歉收，○，亚非拉贫困国家的饥饿人口面临空前的粮荒，两者对照，无疑是极大的讽刺。

保罗·罗伯茨在《粮食末日》中发出一连串的质问：究竟我们的粮食生产和供求出现了什么问题？声称具有高效率的食品体系，为什么会出现过度扩张的问题？这个粮食供求体系距离彻底崩溃还有多远？在崩溃之前，我们是否还有可行的解决方案，以恢复这个体系的平衡？○，这些问题无疑都值得我们深思。

食品产业惹的祸

现代人都存活在"食物恐慌"里，美国的"毒菠菜"、"花生酱污染"，内地的"毒奶粉事件"，等等，记忆犹新，○，这些"恐慌"都教我们有此疑问：为什么忽然之间，食品都变得不安全，危害我们的健康？三聚氰胺、苏丹红、沙门氏菌、大肠杆菌……为什么会混入我们的食物之中？○，保罗·罗伯茨在《粮食末日》中告诉我们，那是现代食物产销体系惹的祸。

是这样的，○，当农业现代化了，食物生产变成现代工业了，现代食品工业又变成赚大钱的商业了，问题便出现了。罪魁祸首无疑就是"低成本，高产量"的思维，食物生产线一体化，输入了种子、饲料、肥料和农药，便能按生产程式输出无穷无尽的食物，这不就解决了粮荒吗？○，但问题在于，食品的大规模生产破坏了和谐的自然生态，直接或间接会污染土地和水源；饲料、肥料和农药的大量生产带来了恶果，抗生素带来了抗药性，连锁化学作用会衍生新品种的细菌和病毒，这是第一层祸害。

是这样的，○，食品加工为了有利于运输和贮存，会添加防腐剂，为了节省成本，为了"卖相"，便加入大量化学添加剂，以及低成本的化学物质，这些都是"有毒食品"的主要根源。当然还会引致更严重的后果，机械化的生产力大幅提高了，会带来劳动力过剩而出现严重剥削。○，这些连锁反应太可怕了，其他社会问题会随之而来，其中最可虑的是贫富日趋悬殊，具体反映于十亿人过于肥胖，十亿人陷于饥荒。这是"低成本，高产量"的第二层祸害，第三层是商品化的祸害，情况更为惨烈。

"低成本，高产量"：食物的悲剧

是这样的，〇，这是一出"食物的悲剧"呢——当食物由农业变成工业，再变成商业，是资本主义世界的必然发展吗？当食品产业作为可以"低成本，高产量"的企业，也就自然会采用其他产业的技术和产销模式。〇，很不幸，这也就像服装、化妆品及其他消费品那样，出现了只求利润、不断增值，认钱不认人的非人化倾销手段。

保罗·罗伯茨不断提醒读者："今天企业很多合乎标准的做法——降低成本，扩大产量，拓展市场——为食物带来了很多不良后果。"〇，这些恶果像滚动的雪球，愈滚愈大，力量也愈来愈大，要令它停顿下来，就要付出愈来愈沉重的代价。

保罗·罗伯茨指出，"低成本，高产量"的企业模式不是没有好处，但却已经陷入了一个怪圈："他们生产的食品愈多，就必须继续生产愈来愈多的食品。"是这样的，〇，我们赖以生存的食物，本质早就变了，最大成本原来只是一条不停输入与输出的生产线，而加工食品最大的成本是制造垄断市场的连锁超市。大规模生产和市场占有率于是令食品企业成为一头无法停下来的巨兽，一项巨大的投资，即使发现"毒菠菜"含大肠杆菌，即使发现三聚氰胺作为提高奶类产品（及饲料）的蛋白质含量的手段出现了疑点，也因为利益过于巨大而无法及时遏止，即使遏止了，仍有大量产品流入并且潜伏于市场，因而酿成不可收拾的悲剧。

食品产业改变了人类的饮食习惯，广告成为现代人的食物指南，食物的根本含义被彻底改变了，饮食文化早就变质了。但，○，这还不止，最严重的质变，正是食物与人类的伦理关系。当十亿痴肥的人与十亿饥饿的人在这寂寞星球上互相凝视，还有谁会像米勒的《晚祷》里的农夫那样脱帽低头祈祷，像农妇那样双掌合十——在这饮食的非常时期，虔诚感恩？

从食物"变形记"到"游于艺"

○：

有一次跟刘健威对谈，他告诉我，在潮州有两条深坑，有些很小的鱼，叫"鲦"。鲦鲜，鲦鳞，都是小鱼，《史记》已有记载。这种鱼是肚大于身，肚就是胆，很苦的，根本不能吃，潮州人将这种鱼用来浸酒，拿来炒饭，这就是民间智慧，地尽其宜，物尽其用。○，任何地方都有如此或如彼的爱物惜物的传统。

我们常说厨艺，做菜本来都是艺，而且是"游于艺"，可没有多少人懂得"游于艺"的前提，那就是"志于道，据于德，依于仁"。是这样的，○，很多人都视厨艺为小道，虽然历来有很多食经，像崔浩的《食经》、林洪的《山家清供》、韦巨源的《烧尾食单》、袁枚的《随园食单》、李渔的《闲情偶寄》饮馔篇、李调元编写的《醒园录》……但很少有人当是经典，只当闲书看。很多人觉得写山水才可以见出性灵，其实写饮食一样可以见出性灵，比如《山家清供》的作者林洪就是住在山上，在山里找到什么就煮什么，那就是"游于艺"。

赫逊河里肥大的鳟鱼

食物一直都在变种，生物界不断上演"变形记"。〇，此刻想起一个故事：在20世纪40年代末期，纽约赫逊河出现了一个怪现象，在河中钓到的鳟鱼一年比一年肥大。〇，钓得大鱼，当然没有什么好抱怨，渔人都觉得自己的运气太好了，都不会追问这些肥鱼从何而来，只有少数人注意到，肥鱼出没的上游，正是一间实验室的所在地，于是便开始怀疑：这些特别肥大的鳟鱼极可能不是一个正常自然现象。

保罗·罗伯茨在《粮食末日》中告诉我们：不寻常的肥鱼激起了托马斯·朱克斯（Thomas Jukes）的

好奇，这位杰出的生物学家同时也是维生素营养学的专家，他知道实验室将废料大量排放到赫逊河，他也知道，这种废料是用来制造新四环类抗生素的发酵过程中所产生的残渣。○，朱克斯猜对了，残渣流入赫逊河，被鱼吃掉了，残渣中有某种东西——朱克斯称之为"新的生长因素"——导致这些鳟鱼的体形日渐肥大。

保罗·罗伯茨在《粮食末日》中指出："四环素对圈养的农场动物中常见的肠道疾病，具有治疗作用，于是，通常由鸡的免疫系统所消耗的热量，都用来生成更大块的肌肉和骨骼了。另外一些研究者很快便证实，低剂量的四环素可以使火鸡、牛和猪的个头比原来大50%，后来的研究表明，抗生素可以使牛多产牛奶……"○，那就是说，生态圈的任何变化，都会造成一连串的食物变异。

是这样的，○，赫逊河里的鳟鱼吃了残渣而变得肥大，只是一次偶然的发现，却为营养学、微生物学和遗传学等新领域拉开了序幕，带来了一系列的新发现。《粮食末日》一书指出：正是"这些新发现，使得人们能够像生产玉米或罐装食品那样不费力气地得到肉类食品。我们学会了将动物养得个子更大，成熟得更快"。

畜禽革命：食物与环境

是这样的，○，偶然发现的生物变形记带来了粮食大变革，现代人从而学会了将动物从农场和畜养棚安排到更高效的环境来喂养，人工繁殖的技术从此改变了人类的饮食习惯。保罗·罗伯茨告诉世人："我们用维生素、氨基酸、荷尔蒙和抗生素（那时，还没有多少人会考虑到，这些食物添加剂究竟会有些什么其他作用）来促进禽畜和鱼类的生长。众所周知，这次'畜禽革命'有力地推进了肉类生产，改变了整个食品行业，并且让大部分的地球人回到饮食历史的某个时期——其中，人类主要被定义为一个物种——现代食品经济也正是从那时开始发展起来的。"

这其实并不恐怖，○，倒让我想起，刘健威曾告诉我这样一个故事：唯灵有一次拿到一条养殖桂花鱼，这鱼没什么味道，唯灵就拿粗盐腌半小时，把盐洗净，再加江南正菜（按：即顺德四基特产头菜，干湿适中，熟而不咸，爽而不韧，乃贡品，因而封为江南正菜）、肉丝，拿去蒸。蒸出来的倒汗水加上豉油和绍酒后再淋在鱼上，再淋熟油，比石斑还要好吃。○，刘健威说得对，这真是很传统的饮食境界，将食材发挥到不可能的高度。

粗盐和腌菜其实也是民间烹调的智慧，粗盐将养殖鱼的鱼肉腌得较为结实了，腌菜如江南正菜为味道较寡较淡的鱼肉添味。○，我便想起旧时的食经，从陈荣到陈梦因，都是将乏味的食物（包括吃剩的菜）做到最美味。○，比如将梅菜切成极细的丝，将用粗盐腌过的五花腩切得很薄很薄，炆好了，用来焗饭，真是人间美味。是这样的，○，中国古代有一句佛经，叫"身土不二"，韩国农民抗争就用上了。"身土不二"，土地与我们的身体之所以"不二"，那是说，在那里吃，在那里种田，又在那里排泄，此所以才懂得尊重食物，哪怕人与食物都经历了七七四十九劫。

人与食物总是恒常地变，人变，物种也变，○，那其实并不值得大惊小怪。科学家早就告诉我们，在

300万年前，人类的祖先是身形小巧的南方古猿，生活在史前的非洲森林中，他们主要的食物是伸手可及的东西：果实、树叶和小虫。是这样的，○，南方古猿肯定也吃些肉，可能只是捡食食肉动物吃剩的动物残骸。但古猿长得太小，站立时还不到4英尺高，体重大约是40磅，那是在丛林间采摘果实最理想的身形，他们大部分热量从植物中得来，他们的进化不是主观意愿，只是由于适应生存环境而衍生这样或那样的变化。

人类进化史：肉食与能量

保罗·罗伯茨在《粮食末日》一书中讨论肉食的困境时就说："现代食品经济竟然反常地回到了起点——肉类竞争阶段。"他在这里所说的"起点"，是指远古时代。是这样的，○，南方古猿本来吃野生植物，可在300万年到240万年前之间的60万年时间里，非洲气候开始变凉，环境变得干旱，原始丛林出现了小片森林和草原，他们于是开始形成全新的饮食习性，渐渐变成了肉食动物。在"适者生存"的环境里，他们如果不是吃掉动物，就是被动物吃掉。

是这样的，○，人类的祖先开始懂得生产石制工具，用来敲裂动物的腿骨或头骨，砸开腿骨和头骨，那是为了吃到高热量、高营养的骨髓和脑髓，南方古猿的饮食习惯由是日渐改变了。然后，大约到了50万年前，地球上出现了体形更大的直立人，他们可以使用粗糙的武器猎捕啮齿动物、爬行动物，甚至小鹿，渐渐就学会了吃肉。

是这样的，○，直立人吃野果、块茎、动物的卵、小虫以及一切可猎捕的生物。他们所食用的动物肌肉、脂肪、大脑乃至内脏等软组织，在那时可以提供其总热量的三分之二。○，这就是人类适应环境的结果，所有动物都会选择费力最少、获取热量最多的摄食手段，人类学家称之为"最优化觅食行为"。人类祖先捕食动物，是补充热量最简单的方式。

保罗·罗伯茨在《粮食末日》中告诉我们："选择肉类是出于人类祖先自身的需要，不只是补充热量的流失那么简单。从消化经济学来看，动物所提供的粮食所产生的热量，要远远高出植物制成的食品。肉类可以提供更多热量，有助于狩猎、搏斗、捍卫领地，当然也有利于交配和繁殖。"〇，这就是为什么我常说"食肉者不鄙"，但食肉倒不是毫无条件的，或如阿城在《棋王》中所言："衣食是本，自有人类，就是每日在忙这个。可囿在其中，终于还不太像人。"

食物摄影与食物记忆

○：

忽然想到一出忘了名字的老电影，其中一幕颇有雷蒙德·卡佛（Raymond Carver）那种淡淡然的哀愁：一对年迈的夫妇出席老朋友的金婚纪念晚宴，遇上好一些多年不见的老朋友，尝了好一些丰盛的美食，谈了好一些温暖但内容空洞的话。然后他们一起走一段路回家，患胃病的妻子老毛病发作了，扶着灯柱喘气，丈夫循例安慰她几句，妻子皱了皱眉，忽然问丈夫：有没有想过，这些年来，我们一起吃过多少次饭？丈夫便板着脸压低嗓门说：我的天啊，记住这些无聊的数字有什么意思？○，这时镜头渐渐拉远，背景音乐像虫鸣那样似有还无，于是在幽幽怨怨的夜色里，两口子就这样僵住了，下一幕是丈夫的独白：那一次，是我所记得的跟她最后一次谈话……

我的嘴巴在一生里的一年

也许谁都无法记住大半生跟最亲的人一起吃过多少次饭。想起有一年在波士顿一家图书馆里翻过塔克·萧（Tucker Shaw）的一本有趣的书——《我吃过的一切：我的嘴巴在一生里的一年》（*Everything I Ate:A Year in the Life of My Mouth*），此书用照片记录了他在某一年的三百六十五天里吃过的每一道食物。○，那是很不错的记录形式，只是想深一层，那么聪明的方法大概也帮不了电影里的那位丈夫。如果照片的记忆根本不可能等同于人生的记忆，那些像食谱配图那样的照片怎么可能为一个无言的人代言？○，有时想，照片里的食物记忆会不会只是一种为了得体地应对的手段？每天都为食物拍照，会不会变成一种活在喧嚣的大都会里的食者近乎条件反射的强迫症？

在波士顿的日子几乎每天都上图书馆，有时翻阅报刊，翻到《丹佛邮报》，便读一段塔克·萧的饮食文章，他很能为复杂的问题找到聪明的答案，比如有人问他一家餐馆最重要的是什么，他便说：要令食客感觉良好，食物固然要好，态度也要好，没有食物是完美的，但一定要有趣——最佳餐馆常常源自一个人的意念，永远不要相信一个委员会。○，有时也许真的需要一个聪明的答案，比如说，最美好的一顿饭总是关心你的人为你做的，也总是与你关心的人一起分享的。

塔克·萧的食物摄影是聪明的，他只是借用了齐美尔（Georg Simmel）在《膳食社会学》（*Sociology of the Meal*）的观点：共享食物是原始秩序的基础。但他并没有考虑齐美尔的另一观点：饥饿使人类在某些时候不可避免地以某种形式聚在一起，集体进餐于是变成了社会上最有力的管理手段。也不是说塔克·萧错了，○，从另一个角度看，这些照片尽管不可能代替人生的记忆，但毕竟有别于一朵花、一棵树、一个路牌、一本书、一幅街景的照片。一年三百六十五天的食物摄影至少能比较具体地记录某些从食物扩散出来的感觉或情绪的痕迹，让我们从中找到某些气味、触感、味道甚或声音的线索。○，那些尽管不可能代替人生的记忆，但对活在不断遗忘的处境里的现代城市人来说，也不是不可能变成寻找某些记忆的一鳞半爪。

可以想象，如果真的有一本记录了童年时代的食物摄影集，观看那些照片就像观看洞窟里的壁画，我们从中寻回失落了的记忆的线索，因而可以更准确地记述从前吃过什么，怎样吃，跟谁吃……○，如果真的有一本这样的食物摄影集，我想便可以像观看洞窟里的壁画那样找到一些远古记忆的凭据。○，此刻只能凭隐约的记忆告诉你，我们这一代人在年幼时只吃少量的肉类，主要是吃瓜菜、豆类和米饭。

肉食与素食的悖论

那一代人并不是素食主义者，只是由于肉食昂贵而收入微薄，家长只能以瓜菜、豆类和米饭养活家人。○，那时只求吃饱，没有能力吃好。可是才几十年，几乎每个城市人都变成了食肉兽，几乎每一顿饭都无肉不欢，○，这难道就是经济发展的必然结果吗？

　　《饥饿的城市》的作者卡罗琳·斯蒂尔告诉我们：本土食品不可能满足众多繁华大都市的需求。〇，我们现今所吃的食品不是由本土培育的，而是由经济供应链大规模生产的，食品工业因而必须合乎亨利·福特（Henry Ford）提倡的汽车装配原则，不再理会风土的细微差别。到街市走一回，就不难发现冰鲜猪肉不到二十元一斤，而有机蔬菜的售价却是四五十元一斤，也许可以想一想：肉食为什么会比蔬菜便宜？为什么跟童年的饮食记忆背道而驰？〇，很简单，那是因为现代食品工业乃至贸易系统改变了食物的价值，以及人的价值观。

　　据说柏拉图是吃素的，希腊传记作家普鲁塔克（Plutarch）大概是柏拉图主义者，他反对吃肉："我想到就觉得很震惊，到底是什么欲望让人类开始吃死尸肉，是什么导致人类非要用动物的肉来养肥自己不可？"〇，普鲁塔克还说过："人类已经有取之不尽、用之不竭的各种蔬菜水果，之所以吃肉倒不是因为有此需要，而是虚荣心作祟，加上吃腻了这些蔬果，于是开始吃一些不纯净又不方便的食物,因此要宰杀活生生的动物来证明自己比野兽更残忍。"〇,吃肉与吃素在食物还没有成为大量生产的工业产品之前,本来只是一种吃的态度、吃的选择。

你吃什么,就是什么人

《饥饿的城市》引述了布里亚·萨瓦兰的一句名言:"国家的命运取决于国民的饮食方式。"那当然是指吃的态度和吃的选择,因此布里亚·萨瓦兰断言:"告诉我你吃什么,我就会告诉你,你是什么人。"也许说得太沉重了,〇,倒想起一个吃的故事:犬儒诡辩家第欧根尼(Diogenes)喜欢跟柏拉图抬杠,有一回,他在一场盛宴看见柏拉图抓了一把橄榄吃,便对柏拉图说:"你这个为了美食而到西西里去的哲学家啊,现在为什么不好好享受这些摆在你面前、同样华美的菜肴呢?"柏拉图回答:"我以众神之名发誓,第欧根尼,我无论在哪里,都是以橄榄这类简便的食物为生的。"第欧根尼又说:"那你干吗非跑去叙拉古不可呢?难道阿提卡生产的橄榄不可口吗?"〇,这些诡辩只能说明柏拉图吃素只是贪图方便，以简便为吃的大前提，并不能证明素食者或肉食者之间谁比较有智慧。

扯得太远了，○，只是想说，无论以素食还是以肉食为主，食物有时不仅仅是口腹之欲，一旦想到吃什么、怎样吃、跟谁吃，总是不免跟文化和记忆相涉，电影里那位患胃病的妻子也许并不是需要丈夫说出一起吃了多少次饭的具体数字，只是借着看似无聊的提问或质问，寻回两口子数十年来一起生活的记忆线索……

粮价飙升与"鳄鱼的左眼"

○：

2010年已届岁暮时分，新千禧年的第一个十年转眼便要过去了，○，此时此刻，内地食品价格（毫无疑问会直接影响香港）疯狂飙升，大有"超英赶美"的势头（比如杭州的牛腩、鸡蛋、牛奶的价格比波士顿的要贵两至三倍）。而联合国食物权特别报告员德舒特（Olivier de Schutter）结束为期九天的访华行程，并发表了一份六页的报告，直指中国粮价反映了"深层次问题"。与此同时，总理温家宝现身中央人民广播电台直播节目，回应听众提问如何稳定飞涨的物价，说"你的一番话刺痛了我的心"。对了，○，此时此刻的关键词正是"加"和"涨"，或可套用《双城记》的开场白：这是一个最好的时代，也是一个最坏的时代，这是智慧的时代，也是愚蠢的时代……

在电台直播节目中，有来自深圳的听众说：物价是今年最让老百姓神经绷紧的一个词，"涨（酱）时代"、"豆你玩"、"蒜你狠"、"糖高宗"等，都是"热词"，问总理如何能稳定物价（当然包括粮价）？温家宝总理回应说："你的一番话刺痛了我的心。"他承认"最近一段时间全国物价上涨，中低收入者的生活就显得更为困难"。○，这段新闻倒教我想起一个关于"鳄鱼的左眼"的故事。

粮价的"深层次问题"

话说亚历山大大帝有一次面临重大决策，他听说有一个智慧女子能准确预言未来，他便向她求教。智慧女子说：用木头（纸张的前身）点起一团火，就可以在升起的烽烟中辨读未来（就像读一本书），但智慧女子提醒亚历山大大帝，在观察升起的烽烟时，千万不能去想鳄鱼的左眼。○，亚历山大大帝最后放弃了，不再强求预知未来的智慧了，因为他知道，当有人提出不让你想某些东西，你总是偏偏要想起它。这其实就是一切禁忌及其悖论的全部秘密。

不同时期的决策者都必须面对不同禁忌的悖论，○，在今天，这"鳄鱼的左眼"正是让中国人闻之色变的粮价。德舒特那份报告触动中国的神经，他从中国通胀率受粮价牵动而涨至二十八个月以来的新高说起，指出除了自然灾害和人为投机等因素之外，还反映了一些"深层次问题"——中国面临"不可忽视的生态威胁与挑战"，"耕地减少及土地退化的状况，使中国保持农产品持续增长的能力面临风险"。○，这名比利时学者似乎企图要揭开那一块蒙在"鳄鱼的左眼"上的黑布。

德舒特的报告指出：自1997年以来，中国因为城市化、工业化和自然灾害失去了1.2亿亩耕地，相当于今年粮油产地的十分之一。他认为"收入水平升幅再大，也无法掩盖这个古老大国普遍存在的、却一直无法解决的治理难题"："就在中国宣布农业收成连续七年创纪录的时候，发生全国饥荒的忧虑仍没法消除。政府保卫95%食品自给率的措施，更突显此一忧虑。"

德舒特的观点并不新鲜，是这样的，○，早在十六年前，即1994年，美国世界观察研究所所长莱斯特·布朗（Lester Brown）便发表一篇题为《谁来养活中国》（*Who Will Feed China? Wake-Up Call for a Small Planet*）的长篇报告（其后出版成为畅销书），在全世界引起了巨大反响。布朗通过对中国粮食及人口数据的分析得出这样的结论：由于人口和人均收入的增长，到了2030年，中国谷物总需求将达到4.79亿吨至6.41亿吨，而工业化和城市化将导致中国谷物总产量减少五分之一，仅有2.72亿吨，那就是说，中国必须大幅进口谷物以填补粮食的巨大缺口，而这个缺口所需相当于全球谷物总出口量2亿吨的一至两倍，即使全数出口中国，也没法喂饱中国人，结果就是中国持续繁荣将导致全球步入粮荒时代。

不准想起，偏偏想起

此一"中国持续繁荣将导致全球饥饿"的论调，当然大有问题。是这样的，○，即使莱斯特·布朗推算正确无误，也只能反映出全球（当然包括中国在内）人口膨胀的结果，绝对不宜单向地理解为仅仅是由于中国人吃掉全球的粮食。保罗·罗伯茨在《粮食末日》也提出了类似的问题：为什么食品增加，还有人会挨饿？答案是地球生态严重失衡——全球谷物产量是五十年前的三倍以上，但在"二战"后全球人口急剧膨胀，资源日趋短缺，城市化导致生态极度恶化，生物链遭受严重破坏，不断出现异变……因而导致廉价粮食的黄金时代很快就结束了。〇，十亿人痴肥，十亿人挨饿，无疑就是现阶段地球人的最深刻的写照。

　　然而，食物及其价格问题在中国而言，始终是"鳄鱼的左眼"，〇，此所以才会刺痛总理的心。在全球人口出现"十亿痴肥，十亿饥饿"的"粮食悖论"之际，靠进口养活十三亿人口而要维持粮价稳定，谈何容易？〇，从奶粉此一"婴儿粮食"出现"毒奶粉"，到"成人粮食"出现假鸡蛋等假食物，中国食品愈来愈"化学"了。与此同时，粮食日趋全球化了，粮价与气候、生物能源、能源价格、经济增长、政府政策、市场投机等因素息息相关，因而愈来愈容易触动全球贸易的敏感神经。

要养活一个有十三亿人口的国家，每一个相涉的问题似乎都不可能不是"普遍存在的、却一直无法解决的治理难题"，也不可能不是"鳄鱼的左眼"。○，此所以最终也许要像亚历山大大帝那样，不再强求预知未来的智慧。那悖论正好在于：当有人提出不准你想起某些东西，你总是偏偏要想起它。

与此同时，美国密苏里大学教授威斯霍夫（Patrick Westhoff）的《食物经济学》（*The Economics of Food*）刚出了中译本，○，此书其实有不少关于中国食品价格的观点发人深省，或可为我们"揭开粮价波动之谜"——这就是中译本《粮食的价格，谁决定？》的副题。

威斯霍夫在此书中指出：真正造成粮价大幅波动的原因，与气候、生物能源、能源价格、经济增长、政府政策、市场投机等因素息息相关，而中国粮价波动，其中一个原因是经济崛起改变了国民的饮食习惯，"令肉食和乳制品需求大增，连带影响世界贸易及粮食价格"；而美元的疲软诱使美国粮食出口量骤增，以美元结算的食品期货价格上扬，投机者都在打农产品期货市场的主意。

粮价的蝴蝶效应

他在"自序"中说得好："没有人不用吃饭，而且全世界有数十亿人口从事农业及相关产业的工作。粮食价格对每个人来说都很重要，实际上还是件生死攸关的事。"消费者在超市付账时也许不会察觉：从美国或印度的天气，到伦敦或洛杉矶的燃料，乃至北京、上海或芝加哥的物价，都有助于我们了解粮价波动的原因，同时有助于"对未来市场的发展做出预期和回应……并且针对粮食与燃料议题做出对整个星球最好的重大决定"。○，他所说的，正是全球粮价的"蝴蝶效应"。

美国人口约为3.8亿（此乃2010年4月的人口普查结果），威斯霍夫指出：中国人口差不多是美国的四倍，对肉食消费的需求必然远远超越美国，以1998年至2009年的猪肉消费数字为例，全球有半数以上的猪在中国饲养，换句话说，中国是全世界最大的猪肉生产国家，也是最大的猪肉消费国家，从而可以推论，中国粮价波动对全球粮食供应无疑有着非常巨大的决定性影响。

中国粮价带出全球三大难题

是这样的，○，威斯霍夫告诉世人，中国粮价波动为全世界带来三大难题：其一，中国粮食未能自给自足，进口逐年增加必然拉动全球粮价上升；其二，中国部分食品虽可自给自足，比如粟米等谷物，但由于时有囤积居奇的传闻，致供求失衡，引致中国在农产品方面已从出口国变成进口国，对全球粮价造成威胁；其三，中国的肥料用量远超其他国家，亦会造成牵动效应，当中国农业逐渐机械化，则会引致全球钢材和燃料因需求增加而价格上涨。

近年来，有几位专家、学者、作家对粮食问题极表关注，他们分别著书阐述了这一领域可虑的前景。比如艾里克·舒卢沙著有《快餐帝国》一书，为消费者呈现了现代食品中常常让人胃口倒尽的事实。他一直被很多投身肉类产业的人视为"头号公敌"，此书的副题是"全美肉食的阴暗面"（The Dark Side of the All-American Meal）。○，艾里克·舒卢沙这本书向世人揭示了肉食产业的很多严重问题，其后更改编成电影，快餐黑幕更因而深入人心。

马里安·纳斯图（Marion Nestle）的《食物政治》（Food Politics）也很耸人听闻，此书详细阐明食物产业日趋高涨的政治影响力，而且对人类健康构成极大威胁，此书副题是"食品工业如何影响营养与健康"（How the Food Industry Influences Nutrition and Health），当中有大量数据展示了食品产业的祸害。○，这倒教我想起11月底出版的《新闻周刊》，这一期封面专题是"晚餐食客的社会分化"（the dinner divide），该刊指出，愈来愈多的美国人在美食与健康之间各取所需，甚或可以在晚餐的餐桌上看出社会日趋分化。

当我们谈论食物与爱情，
我们到底在谈论什么？

○：

这是最后一篇了，没事，还不是一生的最后一篇，只是一个阶段的最后一篇。此刻只是想跟贵体违和的老朋友说，来日方长，想说的大概还没有说够，好一些问题还远远没有想得通透，因此还没有什么需要急于总结。○，不如就像雷蒙德·卡佛那样，以辗转耽延的疑问代替确切的答案，向自己反诘：当我们谈论食物与爱情时，我们在谈论什么？

食物：土给土足的岁月

有时我们真的不大清楚自己在谈论什么，是这样的，○，有时兴之所至，到街市买了瓜菜鱼肉，在路上的时候总有这样或那样的想象，脑袋里总有这样或那样的食材搭配，还拿不定主意要做什么菜式，一尾鲜鱼用姜葱清蒸，还是煎香了再用剁椒和烟笋来焖？做三杯鸡还是啫啫鸡？香草烤鸡还是辣子鸡？腐乳蒸鸡还是咖喱鸡？是这样的，○，拿不定主意，也许是由于不光光想象自己爱吃什么，也想象同桌吃饭的人爱吃什么，也许是由于要兼顾时令、物候、体质、情味、心境、记忆和胃口。

　　总不能假装自己像布迪恩（Anthony Bourdain）这个戴了耳环、上了年纪的浪子那样，走到哪里就吃到哪里。○，他大概是 Travel & Living 频道最有观众缘的主持人，老是政治不正确，在节目中抽烟，言不及义，带一点点不伤大雅的粗鄙，颇为入俗的幽默感，最重要的，倒是他爱吃，也乐于品尝土味和异味，观众因此都愿意花半个小时，陪他一起走遍天涯，了无牵挂地吃遍人间好时节。是这样的，○，我猜我跟贵体违和的老朋友不是不懂得体味这份浪子的洒脱，只是觉得除了这些，还有别的什么，或者需要花点时间去咀嚼，或者需要以辗转耽延的疑问代替确切的答案。

有一个晚上，跟随浪子布迪恩去到萨丁尼亚（Sardinia），看到一场又一场赏心悦目的聚餐，看到住在山村的岛民靠山吃山，靠海吃海，他们用新鲜的与腌晒过的沙丁鱼放在一起烧烤，用自酿的土酒将干鱼子煨得软软暖暖，用土制酱汁烹调扎好的烟熏猪腩肉，用猪肚羊肚酿入猪羊的血和内脏，焖透了，上桌时才用刀叉剖开。太好了，○，看着山村的岛民做出一道又一道似曾相识的人间美食，便想：我们其实也有过一段食物土给土足的岁月，鱼是钓来的，肉和瓜菜是土生土长的，什么时候开始，都只是从超市冰鲜柜带回厨房里的冰箱？

短短几十年的食物史有说不尽的沧桑，○，愈来愈觉得食物与城市是一个值得花时间去细想的课题，原来我们早已对很多劣质的生活现实习以为常，对很多不合常理的现象视而不见。○，那就不用急于总结什么，不妨以辗转耽延的疑问代替确切的答案，向自己反诘：当我们谈论食物与爱情时，我们在谈论什么？此刻想起一个怪鱼的故事：20世纪40年代末期，纽约赫逊河里的鳟鱼一年比一年大，在钓鱼人都觉得自己的运气太好的时候，有人注意到，大鱼出没的上游，正是化学实验室的所在地，化学废料大量排放到赫逊河，都被鱼吃掉了，鱼的体形因此日渐肥大了。

肉食经济的惰性，多元化的丧失

有一个去今未远的时期，吃肉被视为一种天赋人权。〇，人人有肉吃并没有问题，但接下来的问题却是这样的：这世界表面上愈来愈透明，可是食品体系早已改变了经济、政治、社会和文化的思维，愈来愈根深蒂固地积非为是了。〇，正如保罗·罗伯茨指出：现代肉食经济的惰性，其实只是当下这种将食物体系引入危险轨道的大趋势的一种表现形式而已。他认为："我们已经见证了多元化的丧失，是如何创造了一个经济方面不那么切实可行、更加容易出问题、容易被破坏的体系，在农田中如此，在工厂中如此，在工业领域亦是如此——公众的关注又掀起了新一轮恢复食品多样性的高潮。但矛盾的是，这种多样性的缺乏本身对变革也是极大的阻挠。"

《粮食末日》最后一章提出一连串对食物的反思：数以亿计独立的农民用不同的技术和策略来生产食物，效率无疑是很低的，根本养不活不断膨胀的人口，但独立耕作比较灵活，适应性也较强，比之少数采用专门技术和模式的大型农庄，生产品质无疑更有保障。○，那并不是说要还原到原始社会，只是说，在两个极端之间，我们对食物（及食品产业）还有很大的想象空间，既不光光是听天由命，也不光光是天真空想。

食物供应的政治学

不可能让我们的一日三餐、我们的饮食文化任由少数的食物生产商、连锁超市掌控。是这样的，○，《饥饿的城市》认为我们的食物有一套值得深思的"供应政治学"，此书作者卡罗琳·斯蒂尔引述了罗马政治家凯西奥朵拉斯的名言："可以说，谁控制了食品供应的运输，谁就控制了城市的生命线，掐住了它的喉咙。"这是其中一个答案吧。〇，如果我们还是要反诘自己：当我们谈论食物与爱情时，我们在谈论什么？那么，我们至少明白了，谁控制了我们的食物，谁就控制了我们的爱情、我们的呼吸乃至我们的思想。

既得利益者当然都极不愿意做出任何有损于他们的变革，大型连锁店都不仅仅是一个城市最主要的食物供应商，他们还掌控了食物概念和态度的话语权。是这样的，〇，食物供应说到底不可能不是一套政治学，正如保罗·罗伯茨指出的，对既得利益者来说，任何关于未来食品的讨论都无疑是源起于对现状的不满，亦将指向现状的倾斜与缺失："一些社会观察家声称，政府部门对这种变革施加了巨大的阻力，同时也招致公众无尽的愤恨。"〇，当我们谈论食物与爱情时，我们极可能在讨论着城市的政治生态。

保罗·罗伯茨与卡罗琳·斯蒂尔在谈论粮食与饥饿时，他们在谈论着食品产业的历史和改革。〇，这是一场浩大无比的运动，关乎数十亿人及其后代的命运，据说参与组织多达200万个，故此有人称之为

"人类历史上最大的社会运动"，这场运动现在正忙于应对生态保护与社会公义的问题。○，可以想象，即使是最顽固的立法者与产业说客也无法再继续顽固下去了，因为每一个人都在发出听得到与听不到的呐喊：还我食物！还我爱情！

编后絮语

舒非

1

《食物与爱情的咏叹调》是别出心裁的散文集。作者巧思，在煮食中注入爱情，又在爱情里添加食物，如此相得益彰地写吃的文化，确有令人惊喜的创意。

说起来，食物与爱情也的确有许多相近之处。食物五花八门，爱情个案岂不也是？食材到处都有，俯拾即是，爱情的悲欢离合岂不也是？食物质量优劣有如天渊，爱情的主角岂不也是？好的食物色香味俱全，美满的爱情岂不也是？坏的食物难以下咽，变质的爱情岂不也是？食物的搭配、烹饪的构思很重要，如何保持爱情新鲜岂不也是？挑拣食材是煮好食物的关键第一步，挑拣恋人岂不也是？好的厨师要心思缜密，火候掌握得恰到好处，天长地久的爱情岂不也是要细心呵护、常花心思？

这本散文集是由一封封情书组成的。

一位对食物极其讲究、很懂食物个中三昧的男子，和一名很有灵气、很懂欣赏美食的女子在一起，研究品尝香港乃至中外美食，就好像一把低沉的大提琴，和一把亮丽的小提琴，一起对答，一起弹奏，一下清亮，一下呜咽，一下低回，配合得天衣无缝恰到好处，协奏得琴音曼妙余音袅袅，真是美妙动听。

一位既懂吃、又懂吃的历史文化，兼具中西方饮食文学、饮食电影修养的男子，亲自下厨为心爱的女子煮食。不是一个菜两个菜，不是一餐两餐，而是许许多多数之不尽，且将选材的过程、烹饪的喜乐，以及对饮食文化的比较，娓娓动听地写下来，兴高采烈地与对方分享，这份浪漫真是浪漫之最了。

吃下用爱情做出来的一道道菜式一款款美食，何止满足口腹？所以，这不仅是一本脍炙人口的散文集，还是一首情意绵绵的诗篇。

2

所有作家都是感性的：情感愈丰富，感觉就愈敏锐。心灵敏感的人，味觉也必然比较敏感。天赋异禀的作家，味觉又往往异于常人，张爱玲就是其中一个佼佼者。好比她曾说自己不爱闻香水，却爱闻汽油。"张学"是显学，随着时间的长久，讨论的人愈来愈多，但是，专门谈论张爱玲的味觉的，还是不多见。

这对情侣大概都是"张迷"，尤其是几乎能当厨师的男子，对张爱玲作品和人物了如指掌，抽丝剥茧，从中一一证明张爱玲其实很嘴馋，吃得也很挑剔。作者说张爱玲晚年所写洋洋万言的《谈吃与画饼充饥》，"简直就是在垂涎里渗出荒凉的'哀的美敦书'"，而最令人震撼的味觉描述，是在《小团圆》里，九莉与之雍发生性事，次日自己洗裤子，总闻得"一股米汤的味道，想起她小时候病中吃的米汤"，真是荒凉得无以复加，"有一种恍如隔世的虚脱"。

3

对于一位思考型的作者来说，绝对不会仅仅满足于只写感性散文。本书的最后一部分，逐渐进入理性的思考，内容包括:《饱食的城市为何饥饿？》、《城市扩张与食物长征》、《Cooking Mama 与食物殖民志》、《食物脐带里的病毒与恐慌》、《十亿肥·十亿饿》、《从食物"变形记"到"游于艺"》、《食物摄影与食物记忆》、《粮价飙升与"鳄鱼的左眼"》……

这些理性的思索，使得这本散文集不会只停留在食物与爱情的层面，使它有了更广阔的视野与更深刻的反思。

4

假如只是写一般饮食文章，那就是坊间触目皆是的"食谱"或"食经"。写吃的散文，一定要能写出不一般的情趣与情味，才能吸引读者。

虽然不懂下厨，有一些写吃的散文，却叫我非常喜爱，这些文字都饱含了韵味和情趣，记忆之中，最喜欢的有汪曾祺和逯耀东，他们的饮食散文极美，文字、意境、情味都是第一流的，叫人百读不厌。在这里，有一个条件是不可或缺必须具备的，那就是坚实的文字功力。文字修养好，有浓厚的文学味道，加上情趣和情味，这样的饮食散文就不同凡响，就能好好流传。很难得，在这一点上，《食物与爱情的咏叹调》也做到了。

2011年5月